LA GRANDE RIVIERE

ANNE ROSSI

LA GRANDE RIVIÈRE

ANNE ROSSI

 **Magnard**
Jeunesse

Pour Annabelle, ma petite grenouille :
il faut toujours croire à ses rêves et aller de l'avant.

Avec tous mes remerciements à Paul et Célia,
ainsi qu'à mon éditrice, sans qui l'histoire ne serait pas
ce qu'elle est aujourd'hui.

A. R.

Illustration de couverture : Olivier Desvaux
Direction artistique : François Supiot

© 2015, Éditions Magnard Jeunesse
5, allée de la 2ᵉ DB - CS 81529 - 75726 Paris 15 Cedex
www.magnardjeunesse.fr

ISBN : 978-2-210-96084-8
Dépôt légal : Décembre 2014 - N° éditeur : 2015-0205
Achevé d'imprimer en Décembre 2014 par CPI BLACKPRINT en Espagne

Chapitre 1

La terre où l'on n'arrive jamais

Le bûcher s'effondra dans une grande gerbe de flammes. Autour, les danseurs reculèrent vivement pour éviter d'être brûlés. Leurs visages luisants de sueur reflétaient la teinte rouge des braises. La cérémonie touchait à sa fin. Grenouille regarda s'envoler les étincelles une à une. Il lui semblait que chacune d'elles emportait un peu de son grand-père.

Cette minuscule étincelle rouge, par exemple, contenait le souvenir de ses premiers pas, petite fille fermement accrochée aux mains du vieil homme. Ses parents redoutaient qu'en raison de sa différence, elle ne puisse pas grandir comme les autres enfants. Grand-Aigle, au contraire, avait guidé avec patience sa démarche hésitante. Il l'avait rattrapée vingt fois quand elle tombait dix-neuf.

— N'écoute pas ce que disent les autres, Grenouille. Garde toujours confiance en toi, lui conseillait-il.

Cette grosse étincelle jaune, qui filait vers les premières étoiles, lui rappelait toutes les fois où il s'était interposé entre elle et ses adversaires.

— Grenouille, Grenouille, montre-nous tes mains ! chantaient-ils.

— Si vous ne la laissez pas tranquille, c'est mon pied que vous allez voir ! grondait son grand-père.

En dépit de la boiterie qui le rendait incapable de chasser, il avait conservé l'imposante carrure du redoutable chasseur qu'il avait été. Les gamins s'égaillaient alors comme une volée de moineaux. Dans cette étincelle orange, elle le revoyait lui apprendre à nager.

— Les hommes craignent ce qu'ils ne connaissent pas, ou rejettent ce qui est différent, avait-il ajouté en hochant la tête. Tu ne dois pas avoir peur d'affronter l'inconnu.

De fait, dans l'eau, l'infirmité de la fillette s'était révélée un grand atout. Elle nageait comme un poisson, si bien qu'elle était devenue la meilleure pêcheuse du village ! Dommage que personne ne veuille de ses prises, à présent que son grand-père n'était plus là pour en manger.

Grenouille soupira. Elle aurait aimé attraper toutes les étincelles pour les garder contre son cœur. Ainsi, elle aurait été sûre de ne jamais oublier un seul de ces précieux souvenirs.

L'après-midi durant, hommes et femmes avaient chanté et dansé autour du corps qui brûlait. À présent, l'heure était venue de dire adieu au mort. Grenouille joua des coudes pour s'approcher. Elle voulait se trouver au premier rang lorsqu'ils confieraient les cendres à la rivière. Mais le shaman l'arrêta de son bras tendu. Les tatouages indigo qui couvraient son visage lui donnaient l'air sévère.

— Pas toi. Il ne faut pas attirer les mauvais esprits.

Les yeux de la jeune fille se remplirent de larmes. Elle jeta un regard de détresse à sa mère, mais celle-ci garda les yeux rivés au sol. Elle avait beau être une guérisseuse réputée, elle ne pouvait s'opposer au chef spirituel de la tribu.

— C'est injuste, murmura Grenouille en reculant.

Personne ne lui répondit. Elle écarta la main pour contempler les membranes de peau translucides qui reliaient ses premières phalanges entre elles. Un si petit défaut, qui suffisait pourtant à faire d'elle une paria. Dans les montagnes, on abandonnait les bébés malformés pour ne pas nourrir de bouches inutiles. Sa mère, Plume-Bleue, avait cependant voulu la garder. Elle pensait qu'en lui apprenant le travail de guérisseuse, sa fille pourrait se montrer utile. Hélas, personne ne voulait se faire soigner par les mains palmées de Grenouille. Les autres avaient peur d'elle, ou la méprisaient. Aucun enfant de la tribu ne jouait avec elle, même ses frères et sœurs la laissaient dans son coin. Le seul à s'être jamais montré gentil était son grand-père, Grand-Aigle. Quand il marchait à ses côtés, Grenouille avait l'impression de briller comme une étoile dans la nuit. Elle l'avait cru invincible. Pourtant, il était mort.

Grenouille avala sa salive tandis que lui revenaient des images des derniers jours. Elle était demeurée près du vieil homme malade, abattu comme un chêne par la tempête. Elle avait rafraîchi son front brûlant de fièvre, lui avait porté soupes et infusions de plantes, avait agité la courge creuse remplie de petits cailloux pour chasser les mauvais esprits. En vain. Il s'était éteint au cœur de la nuit. Jamais plus il ne la prendrait sur ses genoux pour lui raconter des histoires, jamais plus il ne l'emmènerait chasser les oiseaux à la fronde, jamais plus il ne la laisserait se glisser sous sa peau d'ours, pour se protéger du froid de l'hiver. Et les autres refusaient qu'elle lui dise adieu ? La jeune fille serra les poings.

— Puisque c'est comme ça, déclara-t-elle à la foule qui lui tournait le dos, je l'accompagnerai.

Elle se dirigea vers les huttes de peau qui abritaient la tribu, l'été. Petites et légères, elles leur permettaient de se déplacer en suivant du gibier durant la belle saison. Avec les premiers frimas, ils regagneraient les abris de pierre, plus bas. La hutte de la guérisseuse sentait les herbes aromatiques qu'elle employait pour soigner ses patients. Grenouille attrapa le sac pendu près de l'entrée. Des taches violettes de myrtilles marquaient la peau de chamois. Elle s'empara ensuite d'un couteau en silex bien aiguisé, d'une outre d'eau, de sa fronde et de quelques plantes médicinales courantes. Puis, le menton haut, elle ressortit de la hutte.

Elle aurait bien voulu aller défier le shaman, lui annoncer ses plans devant tout le monde. Mais il aurait sans doute essayé de l'en empêcher. Alors elle tourna le dos à la tribu rassemblée pour se diriger vers la rivière, en contrebas. Elle s'assit sur un gros rocher pour attendre, les yeux fixés sur l'eau qui bondissait de pierre en pierre. Grand-Aigle racontait que plus bas, la rivière s'élargissait, devenait plus paisible. Il ajoutait que loin, très loin en suivant toujours le fil de l'eau, on arrivait dans un pays d'abondance où il faisait toujours beau, regorgeant de fruits et de gibier. Un pays où tous les hommes vivaient heureux à jamais. C'était pour cette raison que les montagnards confiaient les cendres de leurs défunts au torrent.

— Et toi, grand-père, tu l'as vu, ce pays merveilleux ? demandait souvent Grenouille.

— Hélas, non. Nous avons un accord avec les gens de la forêt, tu sais. Ils n'aiment pas que nous nous aventurions sur leur territoire. Il faudrait être très courageux, pour suivre la rivière…

Un clapotis avertit Grenouille que la cérémonie se terminait. La jeune fille hésita un instant. L'eau courait vite. Autant prendre un peu d'avance, si elle ne voulait pas perdre les cendres de vue. Résolue, elle se mit en route. Elle accompagnerait son grand-père jusqu'au pays merveilleux. On verrait bien alors, qui rirait le dernier !

Au moment de quitter le périmètre du campement, elle frissonna. Elle connaissait les dangers de la montagne, les cailloux traîtres qui roulent sous les pieds, les ours en vadrouille, les loups affamés. Quant aux habitants de la forêt, elle en ignorait tout. Les montagnards, pour respecter l'accord, ne s'aventuraient jamais sur leur territoire. Elle écarta encore les doigts pour se donner du courage. Oui, elle portait bien son nom : elle ressemblait vraiment à une grenouille! Or, les grenouilles vivent dans l'eau. N'était-ce pas un signe que la rivière la protégerait? Elle repartit d'un bon pas, mais faillit s'arrêter en pensant à sa mère. Et si elle ne la revoyait plus? Son père ne s'était jamais occupé d'elle, et ses frères et sœurs feignaient d'ignorer son existence. Mais Plume-Bleue, elle, avait pris soin de sa fille, même si elle ne l'avait jamais soutenue comme le faisait Grand-Aigle. Un regret poignant étreignit le cœur de Grenouille. Elle s'obligea à continuer, dos raide, menton levé. Sa mère ne l'avait pas défendue face au shaman. Elle l'aimait peut-être, mais Grenouille ne pouvait pas vraiment compter sur elle. Son destin l'attendait ailleurs, là où menait la rivière. Les chasseurs de la tribu auraient sans doute déclaré que c'était une folie. Mais elle avait été seule toute sa vie; elle se savait capable d'affronter la solitude avec le souvenir de Grand-Aigle pour guider ses pas.

***

L'ombre de la montagne avalait le sentier. Bientôt, Grenouille eut du mal à distinguer où elle mettait les pieds. Elle posa son sac à terre pour soulager son dos douloureux. Il n'était pas très lourd, mais après toute une journée de marche, la lanière lui sciait l'épaule. La jeune fille éprouvait une admiration nouvelle pour les chasseurs, qui partaient souvent plusieurs jours avant de revenir en portant leurs proies. Elle, au bout de trois journées à peine, se sentait déjà épuisée. Des ampoules se formaient sur ses pieds peu habitués à de si longues marches. Avant de descendre vers le cours d'eau, elle éloigna les serpents, amateurs de pierre chauffée au soleil. Elle tapa du pied, battit des mains et agita son collier de feuilles mortes, de coquilles vides, d'os blanchis et de petits cailloux. Enfin sûre que la voie était libre, elle dévala la pente. Un soupir de soulagement lui échappa au contact de l'eau glacée contre ses pieds meurtris. Un petit moment de répit, puis il lui faudrait se bâtir un rempart de pierres pour abriter son sommeil.

Si seulement elle pouvait allumer un feu! Mais les alpages ne fournissaient pas assez de bois, et puis la fumée dénoncerait sa présence. Si le shaman avait su ce qu'elle essayait de faire, il aurait sûrement été furieux. Personne n'avait le droit de suivre la voie des morts! Pour se donner du courage, Grenouille écouta le murmure de la rivière, qui forcissait à mesure qu'elle s'éloignait du village. Les cendres de son grand-père y voyageaient, lui montrant le chemin vers un monde meilleur. Son ventre gargouilla de faim. Elle se serait jetée au feu pour un morceau de chamois rôti! Mais elle ne pouvait chasser seule.

— J'ai peur, grand-père, murmura-t-elle.

Il lui sembla que le ruisseau prenait la voix de Grand-Aigle pour lui répondre :

— Seuls les imbéciles n'ont jamais peur. Le véritable courage, c'est d'apprendre à dépasser sa peur.

— D'accord, grand-père. J'essaierai d'être courageuse. Un jour, tu verras, je trouverai le pays dont tu m'as parlé !

***

Au soir du huitième jour, Grenouille arriva devant un lac tout rond. Ses eaux noires reflétaient les derniers rayons du soleil. Ce lac marquait la limite des terres de la tribu. Aucun montagnard ne s'aventurait au-delà : les forestiers préservaient farouchement leur territoire, abattant sans hésitation les chasseurs isolés. La tribu de Grenouille s'était depuis longtemps résignée à demeurer sur son propre territoire. Ne racontait-on pas les pires histoires au sujet de la forêt ? Les loups y rôdaient, ainsi que d'autres animaux effrayants dont le cri, certains soirs, montait jusque dans les hauteurs. Longeant la berge, Grenouille arriva au point où le ruisseau ressortait, plus large et plus profond qu'en amont. Le courant avait certainement entraîné les cendres. Un peu de fine poussière grise restait accrochée à une branche morte. La jeune fille la secoua doucement pour la remettre à l'eau. Le nuage léger s'élança entre deux pierres avant de disparaître sous les arbres. Grenouille frissonna et serra plus fort son bâton de marche. À partir de là, elle entrait dans l'inconnu.

Elle décida de s'arrêter pour la nuit. Pouvait-elle à présent se permettre d'allumer un feu ? Non, même sous les arbres, sa lueur se verrait de loin. Elle hésita un instant devant le contenu de son sac. Un peu plus tôt dans la journée, elle avait cueilli des myrtilles et attrapé une jeune truite, qu'elle avait mangée crue. Mais elle avait encore faim. Elle scruta le couvert sombre de la forêt et décida de remettre au lendemain sa recherche de nourriture. Tant pis pour son ventre qui gargouillait.

Un bruit de pas précipités, sous les feuilles, la fit sursauter. Le cœur battant, les yeux écarquillés, elle recula contre le tronc le plus proche. Un gros rat surgit d'un buisson pour se diriger vers le bord du lac. De soulagement, les genoux de la jeune fille se mirent à trembler. Sans un bruit, elle sortit sa fronde de son sac, l'arma d'une pierre et la fit tournoyer. Hélas, le sifflement alerta l'animal. Le projectile le manqua d'une bonne main. Grenouille jura. Elle n'aimait pas la viande de rat, fade et filandreuse, mais elle lui aurait au moins rempli l'estomac.

Rangeant sa fronde, elle entreprit d'escalader le chêne qui l'avait abritée. De grosses branches basses, disposées en quinconce, facilitaient son ascension. Parvenue à une hauteur suffisante pour décourager même un ours, Grenouille détacha du tronc plusieurs longues tiges de lierre encore fraîches. Elle les utilisa pour relier entre elles plusieurs branches latérales, de façon à former un berceau. L'entreprise se révéla d'autant plus malaisée que l'obscurité progressait à grands pas, l'empêchant de distinguer ce qu'elle faisait. Elle s'acharna, déterminée à se fabriquer un nid douillet. Dans la grande forêt, elle se sentait soudain très petite et très seule. Une larme salée roula le long de son nez.

— Grand-père, gémit-elle. Aide-moi!

Sous l'arbre, la rivière chanta un peu plus fort. Son joyeux murmure couvrit un instant les bruits de la forêt tandis que les nuages s'écartaient pour laisser filtrer la lumière d'une lune presque ronde. Grenouille se souvint du jour où Grand-Aigle lui avait appris le tressage. En se promenant sur les hauteurs, ils étaient tombés sur un véritable champ de myrtilles. Après s'en être gavée, la jeune fille avait voulu en ramener pour le reste de la tribu. Mais ils n'avaient sur eux que leurs vêtements. Alors, Grand-Aigle lui avait montré comment entrelacer des brindilles pour confectionner un panier. La première tentative de Grenouille ne ressemblait à rien. La deuxième, pas davantage. Il avait fallu tout l'amour et toute la patience de son grand-père pour qu'elle ravale sa frustration et s'acharne jusqu'à obtenir un panier rudimentaire. Sans être aussi beau ni aussi solide que celui de Grand-Aigle, il lui avait néanmoins permis de ramener ses myrtilles.

— C'est le principal, non? avait commenté son grand-père. Tu as toute la vie devant toi pour t'améliorer.

Grenouille tira sur un rameau récalcitrant, le passa sous une plus grosse branche et soudain, le tressage se mit en place. Le cœur battant, elle se dépêcha de nouer la liane. Le plus dur était fait: il suffisait de consolider le tout en tressant des tiges de lierre dans l'autre sens pour former un berceau. Quand elle testa sa solidité d'un pied prudent, il supporta son poids sans même plier. Elle le tapissa de feuilles douces et odorantes, s'y blottit, replia ses mains éraflées et ferma les yeux.

— Merci, grand-père, murmura-t-elle avant de s'endormir.

***

Grenouille se réveilla en sursaut. Peu habituée à dormir dans un hamac, elle avait failli basculer. Le temps de réaliser où elle se trouvait, son sang se glaça. Des animaux grattaient la terre au pied de l'arbre. Elle les entendait renifler. L'un d'eux jappa. La peur au ventre, Grenouille se pencha par-dessus le bord du berceau de feuillage, retenant son souffle. De grandes bêtes au poil sombre, hautes sur pattes, flairaient le sol en dessous de son refuge. Des loups ! Cherchaient-ils des restes de nourriture, ou sa trace ? Grenouille se fit toute petite. La sécurité de la hutte familiale lui manquait soudain. Elle aurait aimé entendre respirer ses frères et sœurs dans l'ombre, sentir une présence humaine, n'importe laquelle. Les récits de son grand-père tournaient en rond dans sa tête. Un chasseur égaré dans la grande forêt, une meute menée par le redoutable loup à la queue rouge, plus rusé qu'un renard… Enfin, un loup tressaillit puis détala, suivi de ses congénères. Grenouille se redressa. La sueur avait trempé sa tunique. Heureusement qu'elle avait pensé à se réfugier dans l'arbre ! Les histoires de son grand-père l'avaient inspirée, et elle avait pu en tirer beaucoup de conseils sur ce qu'il convenait de faire, en voyage.

— Grand-père, lui demandait-elle quand elle n'arrivait pas à dormir, tu me racontes une histoire ?

Le vieil homme ne repoussait jamais l'enfant. Il baissait juste le ton pour ne pas réveiller les autres.

— Une histoire de la montagne ou de la grande forêt ?

Les histoires de la grande forêt étaient toujours sombres et remplies de danger. Grenouille frissonnait et se serrait plus fort contre son grand-père en chuchotant :

— La forêt…

— Avec des loups ?

Elle approuvait du menton. Les loups la terrifiaient, mais il était si délicieux d'avoir peur alors qu'elle se trouvait blottie au chaud dans la sécurité de la tente familiale !

— Alors, la première chose qu'il faut savoir à leur sujet, c'est qu'ils ne savent pas monter aux arbres. Ce qui tombe bien quand on vit dans la forêt. Je me souviens…

Et Grand-Aigle de partir sur des récits de chasse complètement inventés, qui faisaient battre plus fort le cœur de sa petite-fille. Peu à peu, elle se laissait glisser dans le sommeil. »

— Au moins, murmura Grenouille, pour les loups, il avait dit vrai.

Sa main chercha le couteau passé à un lien, à sa taille. Elle n'avait aucune chance contre les prédateurs. Pas plus que contre les humains, d'ailleurs. La seule issue consistait à passer inaperçue. Là, sa petite taille constituait un avantage. Il n'y aurait pas plus discret qu'elle dans toute la forêt !

Chapitre 2

Dans la forêt profonde

Grenouille tira sur son hamac pour l'arrimer à la branche. Après plusieurs nuits passées dans la forêt, elle mettait de moins en moins de temps pour installer son abri nocturne. Elle aurait presque pu le faire les yeux fermés. Elle s'appliquait cependant : pas question de risquer de se trouver précipitée à terre au milieu des loups ! Durant le jour, ils se cachaient. À cette saison, les proies abondaient et ils craignaient suffisamment les humains pour ne pas s'attaquer à quelqu'un qui portait leur odeur. Mais ils étaient venus à plusieurs reprises rôder sous son arbre, la nuit.

L'estomac de la jeune fille se pinça douloureusement. Elle n'avait plus mangé à sa faim depuis une éternité. Assise à califourchon sur la branche qui

sentait la résine, elle fouilla dans son sac. Une poignée de framboises, quelques noisettes encore vertes,
un champignon et trois pommes véreuses : la cueillette
du jour n'apaiserait guère son appétit. Elle mordilla
le champignon au goût terreux, s'efforçant de le faire
durer le plus longtemps possible. À ses pieds, la rivière
coulait plus rapide, plus profonde, agitée de traîtres
tourbillons. Aucune trace de présence humaine sur ses
rives. Grenouille s'en étonnait : les habitants de la forêt
craignaient-ils l'eau ? Pour chasser le goût du champignon, elle laissa les framboises fondre sur sa langue.
Elle garderait les noisettes pour la fin : les mâcher
longtemps tromperait un peu son ventre vide. Yeux
mi-clos, elle rêva du pays où l'entraînait la rivière. Plus
de danger, plus de fatigue, plus de faim. Comme elle
avait hâte d'arriver !

Soudain, un geai éclata en cris rauques. La jeune
fille se redressa sur son perchoir. La nuit enveloppait
la forêt, mais au sol, sous le feuillage épais, Grenouille
vit bouger des étoiles. À mesure que les lueurs se
rapprochaient, elle se rendit compte que c'étaient des
torches, portées par des hommes. La peur lui serra la
gorge. Venaient-ils pour elle ? Avaient-ils découvert
ses traces, le long de la rivière ? Voulaient-ils la punir
d'avoir dépassé la limite fixée aux montagnards ? Elle

se plaqua contre le tronc rugueux de l'arbre, comme si l'écorce pouvait la recouvrir pour la dissimuler à la vue des chasseurs. Elle avait bien fait de ne pas allumer de feu! Des cris retentissaient aux alentours. Grenouille avait beau tendre l'oreille, elle ne parvenait pas à comprendre ce qui se disait. Les mots ressemblaient à ceux qu'elle connaissait, mais l'accent des forestiers était plus doux, plus chantant que le rude parler des montagnards.

Un craquement sonore non loin d'elle la fit sursauter. Aussitôt après, elle perçut le bruit d'une respiration haletante. Elle retint son souffle. Quelqu'un montait à l'arbre! Cette fois, elle était perdue. Elle écarquilla les yeux pour distinguer l'intrus. Il n'avait pas de torche, aussi ne pouvait-elle distinguer ses traits. En dessous, les hommes grommelèrent puis s'éloignèrent. Pourquoi n'attendaient-ils pas leur camarade ? Un doute effleura la jeune fille. Celui dont elle entendait la respiration haletante tout près était-il un poursuivant ou un poursuivi?

Elle demeura immobile, la peau trempée de sueur, jusqu'à ce que la lueur des torches ait complètement disparu. Près d'elle, la respiration se mua en gémissement. Grenouille hésita. Peut-être s'agissait-il d'un piège. Ou alors, l'intrus était dangereux. Elle se souvenait d'un homme de son village, mordu par un renard malade, qui attaquait tous ceux qui passaient à sa portée. Le shaman avait dû l'endormir définitivement. Mais quelqu'un d'enragé n'aurait pas pu monter à un arbre, il n'aurait pas pu contrôler ses mouvements. Le réflexe de se réfugier en hauteur n'était pas celui d'un fou. Poussée par la curiosité, Grenouille se décida. Elle rampa le long de la branche jusqu'à la silhouette sombre qu'elle devinait, un peu plus bas qu'elle. Ses doigts rencontrèrent une peau tiède. Un cri étranglé brisa le silence de la nuit, puis une voix rauque, teintée d'un accent étrange qui déformait les mots, parvint à ses oreilles.

— Qui va là?

— Amie, répondit Grenouille.

L'autre semblait avoir encore plus peur qu'elle. Il tremblait et sa respiration sifflait.

— Tu es blessé? s'enquit la jeune fille.

Pas de réponse. Elle tira sur le bras à sa portée pour l'obliger à se rapprocher d'elle. Sa main n'eut aucun mal à encercler le biceps. Elle n'avait pas affaire à un homme, mais à un enfant. Celui-ci se débattit.

— Lâche-moi!

— Je ne te veux pas de mal. J'ai des herbes dans mon sac, je peux te soigner.

— Les autres me cherchent.

— Je crois qu'ils sont partis.

Un long silence s'ensuivit. Pas un bruit ne troublait la tranquillité de la forêt. Ni loups, ni hommes. Au bout d'un moment, le garçon accepta de suivre Grenouille. Ses gestes étaient maladroits ; à plusieurs reprises, la jeune fille dut le retenir pour l'empêcher de glisser. Elle le guida vers la rivière, pour pouvoir l'examiner à la lueur de la lune. Ce qu'elle découvrit lui donna envie de vomir. De larges balafres couvraient la moitié du torse du garçon ainsi que son bras valide. Pas des traces de griffes, mais des déchirures nettes comme celles laissées par des lanières de cuir. L'autre bras, atrophié, se repliait contre sa poitrine. Grenouille se demanda comment il avait pu grimper à l'arbre avec une seule main.

— Bon, déclara-t-elle avec plus d'assurance qu'elle n'en ressentait. On va commencer par rincer le sang, d'accord ?

Elle avait souvent observé sa mère à l'œuvre auprès des chasseurs blessés. Les gestes étaient gravés dans sa mémoire. D'abord, nettoyer la zone atteinte avec de l'eau. Une fois le sang séché enlevé, elle constata avec soulagement que les balafres étaient moins profondes qu'elle ne l'avait d'abord cru. Elle fouilla dans son sac à la recherche des plantes séchées et mit de côté les feuilles en forme de fer de lance. Pourvu qu'elle en ait une quantité suffisante ! Comme elle avait vu sa mère le faire, elle en mit une dans sa bouche et grimaça tandis qu'elle mâchait. La plante avait un arrière-goût de poisson. Elle recracha une boulette de purée verte qu'elle étala sur la plaie. Elle n'avait plus qu'à recommencer.

— Ne bouge pas, ordonna-t-elle au garçon. Il faut attendre que ça sèche.

Celui-ci lui obéit sans un cri, même quand elle déchira ce qui lui restait du haut de sa tunique pour en faire des bandes qu'elle serra autour des plaies. Quand elle annonça qu'elle avait fini, il se redressa à grand-peine.

— Merci. Je dois partir, à présent.

— Ne bouge pas ! Tu dois attendre que ça sèche, j'ai dit. Tu as de la fièvre, en plus, et puis il faudra renouveler régulièrement les pansements. Comment tu vas faire ?

— Je me débrouillerai, répondit le garçon d'un ton incertain.

— Tu parles. Tu tiens à peine sur tes jambes. Je t'accompagne.

— C'est dangereux. Ils veulent me tuer.

— Alors, il ne faut pas qu'ils te trouvent.

— Pourquoi tu m'aiderais?

Il avait le ton sceptique de celui qui est habitué à recevoir des pierres plutôt qu'une aide pour se relever. Sa main valide soutenait son bras handicapé. Grenouille écarta la sienne en éventail de façon à mettre en évidence les membranes. Être rejetée à cause de sa différence, elle connaissait. Le garçon sourit. C'était bien la première fois que quelqu'un réagissait de la sorte devant Grenouille. Elle lui sourit en retour.

— Comment tu t'appelles?

— Arbas.

— Moi, c'est Grenouille. On y va?

L'un suivant l'autre, ils longèrent la rivière. La nuit régnait toujours sur la forêt, les chasseurs pouvaient revenir, ou les loups, pourtant la présence d'Arbas rassurait la jeune fille. C'était idiot : dans son état, il ne serait pas d'une grande aide en cas de danger, mais elle se rendait soudain compte à quel point la solitude lui pesait.

Bientôt, le garçon démontra cependant qu'il pouvait se montrer utile. Grenouille, mal à l'aise pour marcher de nuit, buta dans les racines; Arbas la retint par le bras. Vexée, la jeune fille se dégagea vite. Comment son compagnon se débrouillait-il pour voir dans le noir?

En même temps, il n'avançait pas vite… Grenouille, qui redoutait le retour des chasseurs, le pressa d'accélérer. Il fallait aller plus loin, plus vite. Elle gardait la conviction que la rivière les mènerait vers la sécurité. Soudain, le sol friable se déroba sous ses pas. Elle bascula sur le côté, entraînant Arbas avec elle. Les deux enfants atterrirent dans l'eau avec un grand plouf. Grenouille se redressa pour s'immobiliser aussitôt, de l'eau jusqu'aux genoux. N'avait-elle pas entendu des cris ? Arbas se pressa contre elle, grelottant.

— Sortons de là, bredouilla-t-il.

Quelque chose dans sa voix fit froncer les sourcils de Grenouille.

— Tu as peur de l'eau ?

— Non. J'ai froid.

Il mentait, elle en aurait mis sa main à couper. Elle hésita. Marcher dans le lit de la rivière leur permettrait d'éviter les racines, mais l'eau pouvait aussi dissimuler des obstacles.

— Tu sais nager ? demanda-t-elle.

Chez les montagnards, on n'employait le mot nager que pour les poissons.

— Tu veux que je devienne un poisson, grand-père ? avait-elle demandé en riant à Grand-Aigle quand il avait proposé de lui apprendre.

— Je te l'ai déjà expliqué, Grenouille : le plus grand danger, c'est l'ignorance. Combien de chasseurs se sont noyés après être tombés à l'eau ? Les imbéciles en déduisent qu'elle est dangereuse et qu'il faut s'en tenir écarté. Les sages, eux, apprennent à imiter les poissons qui vivent dedans.

Grand-Aigle avait eu raison, comme toujours. Grenouille n'était cependant pas allée se vanter de son savoir auprès de la tribu, tout comme son grand-père l'avait tu. Le shaman aurait été capable d'y voir quelque transgression propre à leur attirer la colère des esprits. Elle haussa les épaules. Ce n'était pas le moment d'effrayer son compagnon de route avec des révélations extraordinaires.

— Laisse tomber.

Elle se hissa sur la berge et aida Arbas à remonter. Leurs vêtements trempés retenaient le froid de la nuit ; à la lueur de la lune, elle vit que plusieurs bandages du garçon se défaisaient déjà. Un mot grossier lui échappa. Arbas toussa. Un cri leur répondit.

— Ils nous ont retrouvés, chuchota le garçon, atterré.

— Pas encore. Ils ne savent pas se déplacer dans l'eau, enfin, nager, comme tu dis.

— Non.

— Alors ils ne pourront pas nous rattraper de l'autre côté de la rivière.

Arbas se figea. Grenouille le tira par la main, impatiente.

— N'aie pas peur, je te porterai.

— Non !

— Tu préfères qu'ils nous attrapent ?

— Je ne peux pas. Je ne veux pas aller dans l'eau.

Grenouille soupira d'exaspération. Pour un peu, elle l'aurait bien planté là. Les cris se rapprochaient, elle apercevait déjà la lueur des torches.

— Viens ! insista-t-elle en entraînant son compagnon vers la rive.

Son regard tomba sur un tronc coincé sous les racines d'un arbre, dans un méandre de la rivière. Lâchant Arbas, elle se dirigea vers le billot de bois pour le dégager. Il flottait parfaitement ; les branches latérales assuraient sa stabilité.

— Monte là-dessus, ordonna-t-elle à Arbas.

— Quoi ?

— Tu ne tomberas pas, fais-moi confiance !

Le garçon approcha à pas réticents. Une exclamation toute proche le décida. Prenant soin de ne pas poser un pied dans l'eau, il se hissa à l'arrière du tronc, vers les racines. Grenouille s'installa à l'avant et d'un grand coup de pied, elle repoussa l'embarcation improvisée de la berge.

— C'est parti !

Le tronc accéléra soudain. Arbas gémit tandis que, derrière eux, des cris s'élevaient de la rive. Les chasseurs les avaient-ils vus ? La rivière n'était pas assez large pour les mettre à l'abri d'un coup de sagaie. Par chance, à cet endroit, elle coulait droit et vite. Bientôt, les lueurs des torches disparurent derrière eux. Grenouille se détendit un peu. L'embarcation était encore plus stable qu'elle ne l'avait espéré, un vrai coup de chance ! Grâce à elle, ils pourraient aller jusqu'au bout de la rivière.

— Merci grand-père, chuchota-t-elle.

***

Le tronc reposait sur la berge boueuse, et des buissons le dissimulaient aux regards. Les premiers rayons du soleil perçaient le feuillage. Grenouille revint vers Arbas, des feuilles en forme de lance plein les mains.

— Je dois changer tes bandages, annonça-t-elle.

Le garçon grimaça. Il avait l'air épuisé et sa peau brûlait encore de fièvre. Quand la jeune fille ôta le premier bandage, elle vit que la peau autour de la blessure était rouge et enflammée. Elle baissa la tête pour qu'Arbas ne distingue pas son expression. Ce n'était pas très bon signe. Dans le sac de Grenouille, il restait des feuilles d'une plante aux fleurs orange, qu'elle mêla aux fers de lance. Pour distraire l'attention de son patient, elle lui demanda :

— Raconte-moi ce qui t'est arrivé.

Tandis que l'odeur piquante des plantes écrasées se répandait autour d'eux, il entama son récit.

Chapitre 3

Le tronc voyageur

– J'appartiens au clan du Cerf, commença le garçon. Un animal blessé a traversé notre village la nuit où je suis né. Notre sorcier dit que c'est pour cette raison que mon bras gauche est… comme tu vois. De plus, je ne grandis pas comme les autres. Le chef a décidé que je devais rester avec les femmes à travailler les peaux et à tailler les vêtements. J'ai voulu lui prouver qu'il se trompait, que je pouvais chasser aussi bien que ceux qui rient sans cesse de moi ! Alors je les ai bien observés, des lunes durant, puis je me suis exercé seul, encore et encore. Je me suis inventé des outils adaptés, comme un arc à deux courbes, plus facile à tendre. Un jour enfin, je me suis senti prêt. Comme tous les jeunes guerriers, j'ai traqué puis tué un cerf. Je l'ai ramené au campement en le traînant sur des branchages. J'espérais des félicitations. Comme je me trompais ! Notre chef a hurlé que je n'étais pas reconnu comme l'un des leurs : il était sacrilège de ma part d'avoir porté la main sur l'emblème de notre clan. Notre sorcier a prédit qu'à cause de moi, les pires malheurs s'abattraient sur nous. Tous se sont mis à m'insulter, à me frapper, y compris mes parents. J'ai pris la fuite. Ils m'ont pourchassé : ma mort devait offrir réparation à l'esprit du cerf. La suite, tu la connais.

Grenouille hocha la tête. Oh oui, comme elle le comprenait ! Mieux qu'il ne l'imaginait. Elle écarta ses doigts bien grand devant lui.

— À cause de ça, dans mon clan, je n'avais pas le droit de toucher à la nourriture. Les miens craignaient que je la corrompe.

Le visage du garçon s'éclaira. Il hocha la tête.

— Pareil pour moi. C'est stupide, n'est-ce pas ? Si c'était vrai, nous nous serions déjà empoisonnés nous-mêmes.

— Mon grand-père disait que les hommes ont peur de ce qu'ils ne connaissent pas, et de ceux qui sont différents.

— Ton grand-père était un sage.

Grenouille sentit son cœur se serrer. Grand-Aigle n'était plus là pour dispenser sa sagesse. Mais il leur restait pourtant un espoir.

— Il disait aussi qu'en suivant la rivière, on finit par arriver dans un pays merveilleux où il fait toujours beau, où le gibier abonde et où personne n'est jamais abandonné.

Le fait d'en parler à quelqu'un rendait son rêve plus concret. Grenouille le sentit s'enraciner dans son cœur au moment où elle achevait sa phrase.

— Au bout de la rivière ? répéta Arbas d'une voix étranglée.

À la lumière qui filtrait à travers les feuilles, ses yeux prenaient la teinte tendre de la mousse. Ses pupilles dilatées exprimaient une grande émotion. Il frotta avec nervosité son bras invalide.

— Si tu suis la rivière, tu marches vers la mort, Grenouille.

— Pourquoi ?

— Les légendes de ma tribu racontent que tout au bout, elle se jette dans le vide. Il n'y a rien au-delà, je t'assure. Juste le néant.

— C'est faux ! Pourquoi ma tribu y jetterait-elle les cendres des défunts, alors ? Nous leur permettons de rejoindre le pays merveilleux, où ils nous attendent. C'est pour ça que je vais y retrouver mon grand-père.

Arbas secoua la tête.

— Le clan du Cerf ne brûle pas ses morts. Nous les enterrons, pour que leur esprit rejoigne celui de notre mère la Terre.

Grenouille réfléchit un instant. Il lui paraissait inconcevable d'enterrer les morts, de les empêcher de poursuivre leur voyage. Pourtant, Arbas semblait croire dur comme pierre à ce qu'il racontait.

— Ton clan a peur de l'eau? devina-t-elle. Je n'ai vu aucune habitation, sur les berges de la rivière.

— Elle est dangereuse. Au printemps, son cours peut gonfler sans prévenir et noyer tout ce qui se trouve autour.

— C'est bizarre. Pour ma tribu, l'eau, c'est la vie. Pour la tienne, on dirait que c'est la mort...

Accroupie sur les talons, Grenouille contempla l'emplâtre terminé. Il était moins beau que ceux de sa mère, mais elle espérait qu'il serait aussi efficace.

— Bon, reprit-elle. Tu fais quoi, alors? Tu viens avec moi?

Arbas hésita. La jeune fille sentit son cœur se gonfler de colère. Elle lui avait sauvé la vie, et lui, il préférait rester avec ceux qui avaient voulu le tuer?

Eh bien tant pis! Elle n'avait pas besoin de lui! Il ne serait qu'un poids mort, il la ralentirait. Aussitôt, elle se reprocha cette pensée. Elle réagissait comme ceux de sa tribu, ceux-là même qu'elle avait fuis.

— Viens, insista-t-elle. Nous trouverons le pays de mon grand-père.

— Mais s'il s'était trompé? S'il n'y avait rien, après?

— Il y a quelque chose, je te le jure. Fais-moi confiance!

Les deux enfants se fixèrent un long moment droit dans les yeux. Arbas baissa les siens le premier. Il avait de longs cils de fille. Ses doigts tremblaient un peu.

— D'accord. Je te crois.

Et tout comme Grenouille avait acquis la conviction que le pays merveilleux existait, elle sentit le lien s'établir entre eux, solide comme une branche de chêne. Une douce chaleur inonda sa poitrine. Arbas était son premier ami! Elle se leva, soudain pleine d'énergie.

— Repose-toi, ordonna-t-elle, je vais chasser.

Le garçon écarquilla les yeux.

— Tu sais chasser?

— Je ne suis plus un bébé!

— Mais tu es une fille!

— Et alors?

— Alors chez moi, les filles ne chassent pas. Elles ont même l'interdiction absolue de toucher une arme.

— Tu n'es plus chez toi, répondit Grenouille. Plus de clan, plus de règles. Nous sommes libres !

Un lent sourire s'épanouit sur les lèvres du garçon.

— Libres ! répéta-t-il.

— Personne ne te reprochera plus de chasser le cerf.

— Et nous trouverons ton pays merveilleux.

La main de Grenouille se tendit spontanément vers celle d'Arbas. Celui-ci hésita un instant, faute sans doute de reconnaître le geste rituel des chefs de clan lorsqu'ils passaient un accord. Puis il attrapa le poignet de la jeune fille et le serra de toutes ses forces. La bulle de chaleur gonfla encore dans la poitrine de Grenouille. Elle se sentait légère, invincible. Tirant son couteau de sa ceinture, elle le posa aux pieds du garçon. Chez les montagnards, il s'agissait du plus grand témoignage de confiance qui puisse se donner.

— J'y vais ! cria-t-elle en s'éloignant.

Arbas approuva du menton et serra le couteau dans sa main valide. De la sorte, il pourrait se défendre en l'absence de la jeune fille. Celle-ci lui promit de faire le plus vite possible.

Grenouille décrocha sa fronde de sa ceinture. En forêt, son utilisation était plus délicate que dans l'espace libre des alpages. Depuis qu'elle y avait pénétré, elle se nourrissait de baies et de racines. Mais elle ne pouvait pas revenir bredouille. Il en allait de sa fierté de chasseuse! Elle devait prouver à son nouvel ami qu'une fille pouvait ramener autant de gibier qu'un garçon. Elle ignora ses cuisses encore douloureuses de l'effort fourni dans leur fuite et ses chevilles malmenées par les racines traîtresses. Elle s'enfonça dans la forêt à la recherche d'une proie. Dans une clairière proche, une famille de lapins grignotait l'herbe couverte de rosée. Grenouille plaça une pierre dans la lanière de cuir, puis fit tournoyer son arme... La pierre claqua contre un tronc et les lapins détalèrent. La chasseuse lança un gros mot accompagné d'un coup de pied rageur. Elle n'avait plus qu'à recommencer.

De ratés en manqués, le soleil brillait déjà haut dans le ciel quand elle revint au campement, échevelée, en sueur, les bras endoloris. Deux cailles se balançaient triomphalement à son bras. Arbas esquissa un sourire à sa vue.

— Bravo, dit-il simplement.

Personne d'autre que Grand-Aigle n'avait jamais complimenté Grenouille. Elle se sentit largement récompensée de ses efforts en déposant les cailles devant son ami. Et jamais repas ne lui avait paru plus succulent que celui qui suivit.

***

Grenouille jeta le caillou tranchant à l'aide duquel elle s'efforçait d'évider le tronc d'arbre. L'eau courante apaisa un moment le feu des ampoules sur ses mains, tandis qu'elle jugeait du regard le fruit de son labeur. Tant de travail pour un si maigre résultat !

— Tu es sûr que c'est nécessaire ? demanda-t-elle à Arbas.

Il leva les yeux de la branche qu'il s'efforçait de scier d'une seule main. Un de ses bandages avait glissé, dévoilant une croûte violacée. Grenouille tenta de se rassurer en se disant qu'au moins, les blessures ne montraient aucune trace de suppuration et que la fièvre était tombée. Néanmoins, son ami garderait des cicatrices pour toujours. Si seulement sa mère avait pu lui en apprendre plus sur les plantes… Mais face au rejet de la tribu, elle avait choisi sa fille aînée pour lui succéder. À elle les secrets !

— Si nous ôtons les branches et creusons le milieu du tronc, il sera plus léger, ça ira plus vite. Il sera plus facile à manœuvrer, expliqua le garçon.

Grenouille fit la moue. Elle avait toujours détesté les travaux manuels. La rivière, pour elle, représentait l'aventure ! Elle se serait bien contentée de se laisser glisser au fil de l'eau, se nourrissant de ce qu'elle trouverait en chemin. Mais Arbas avait de toutes autres ambitions. Il les faisait trimer toute la journée sur le tronc, insistait pour qu'ils préparent peaux, fruits et viande séchée pour le voyage. Et qui effectuait la majorité du travail ? Grenouille, bien sûr, que ses mains palmées ne handicapaient pas autant que le bras atrophié du garçon... La nuit, elle était si fatiguée qu'elle somnolait sur le tronc qu'Arbas dirigeait à l'aide d'une longue perche. Ainsi en avaient-ils décidé pour éviter les mauvaises rencontres, hommes comme animaux sauvages.

— J'en ai marre, grogna-t-elle à mi-voix.

En dépit de ses exigences, elle aimait la compagnie du garçon. Pour rien au monde elle n'aurait repris la marche solitaire qui l'avait conduite de la montagne à la forêt, surtout à présent qu'elle se trouvait en territoire inconnu. La rivière les portait, les protégeait : au milieu de l'eau, ils n'avaient rien à redouter des prédateurs dont ils croisaient parfois les empreintes, sur les rives. C'était comme de se trouver sous la protection de Grand-Aigle. D'une certaine façon, Grenouille avait la certitude que l'esprit de son grand-père veillait sur eux. Elle le soupçonnait aussi d'avoir guidé les pas d'Arbas vers les siens. Leur rencontre était trop providentielle pour relever du simple hasard.

— Le bout de la rivière est encore loin, fit remarquer le garçon. Si tu veux que ce tronc nous y emmène, il faut l'améliorer.

Grenouille souffla sur ses mains et s'empara d'un autre éclat de pierre. Arbas avait raison, cette embarcation représentait leur meilleure chance d'atteindre le pays merveilleux. Il lui avait accordé sa confiance pour leur destination : à elle de lui rendre la pareille quant aux moyens d'y parvenir.

***

Grenouille agita triomphalement une paire de lapins sous le nez de son ami. Comme elle ne pouvait les poser que dans la journée, elle retrouvait souvent ses collets vides. Mais, pour la première fois depuis une demi-lune, les rongeurs s'étaient laissé prendre. Hélas, Arbas n'arbora pas l'air ravi qu'elle attendait.

— Cette façon de tuer ne respecte pas le gibier, fit-il d'un ton raide.

— Ce lapin aura le même goût qu'un autre une fois cuit à la broche, rétorqua Grenouille, vexée.

— Mais si tu n'honores pas les esprits de la nature, ils se retourneront contre toi, argumenta Arbas.

La jeune fille lui jeta un regard sceptique. Elle ne croyait pas trop à ces histoires d'esprits de la nature. Est-ce que le renard se souciait de la façon dont il saignait ses proies, lui?

— Aide-moi plutôt à les dépecer, si tu veux manger.

Le garçon secoua la tête. Grenouille soupira. Elle avait une envie folle de le secouer, mais elle avait peur de rouvrir ses blessures encore mal cicatrisées. S'asseyant en tailleur face à lui, elle baissa la tête dans la même attitude que Grand-Aigle quand il s'apprêtait à écouter ses problèmes d'enfant.

— Je croyais que nous étions libres d'agir comme nous l'entendions? argumenta-t-elle.

— Pas si cela doit blesser quelqu'un d'autre. Aimerais-tu mourir comme ce lapin, étranglée lentement?

D'instinct, Grenouille porta une main à sa gorge. Pourquoi Arbas l'agressait-il ainsi?

41

— Je l'ai tué pour nous nourrir, dit-elle en fronçant les sourcils.

— Justement! Tu devrais lui montrer ta reconnaissance en lui procurant une mort rapide et honorable.

Grenouille avait du mal à concevoir qu'il puisse exister une mort honorable. Grand-Aigle, le vaillant chasseur, avait été abattu par un mal mystérieux, qui ne lui avait donné aucune chance. Elle se revit dans l'obscurité de la hutte en train d'essuyer le front du malade, impuissante à soulager sa douleur. Une mort rapide, ça oui, elle comprenait.

— D'accord, acquiesça-t-elle à contrecœur, si c'est important pour toi, je ne poserai plus de collets.

Arbas sourit. Il était maladroit, souvent bougon, et agressif comme un animal blessé. S'il avait vécu parmi les montagnards, on l'aurait affublé d'un nom comme Ours Solitaire. Mais quand il lui souriait, elle se sentait privilégiée.

— C'est surtout important pour le lapin. Mais je te remercie.

Il hésita. Il parlait peu. Après son récit de la première nuit, il n'avait plus jamais évoqué sa vie d'avant. C'était la première fois que Grenouille l'entendait exprimer une opinion.

— Le voyage est long, ajouta-t-il enfin. Long et

dangereux. Et nous ne sommes que des enfants. Mieux vaut avoir les esprits de la nature de notre côté, tu ne crois pas?

Grenouille hocha la tête, fière d'avoir réussi à maîtriser son premier mouvement d'irritation. Grand-Aigle lui répétait souvent:

— Ton impulsivité est ta pire ennemie. La principale qualité d'un chasseur, c'est la patience, Grenouille. Il faut savoir écouter, et comprendre.

Apparemment, en amitié, les règles étaient les mêmes.

— Tu as déjà eu des amis, avant? demanda-t-elle à Arbas.

Le garçon battit des paupières, comme chaque fois qu'il était embarrassé.

— J'en ai une, maintenant.

Grenouille éclata de rire. L'amitié, elle l'avait toujours contemplée de loin. Mais c'était bien plus agréable de la vivre!

— Alors, tu m'aides quand même, pour le lapin? demanda-t-elle.

Le garçon tendit la main. Il était peut-être moins habile qu'elle pour la chasse, mais il n'avait pas son pareil pour découper les proies sans en perdre un morceau. Et il était excellent cuisinier! Il savait tirer le meilleur parti de leurs maigres récoltes. Ils n'allumaient du feu que lorsqu'ils étaient certains de se trouver à couvert. Ce soir-là, ils campaient sur un îlot au milieu de la rivière. Grenouille salivait déjà à l'idée de manger chaud. Elle regarda Arbas fendre la peau des lapins d'un geste sûr, puis l'enlever sans abîmer la chair. Une fois la viande mise à cuire, il s'acharna sur les peaux, grattant l'intérieur avec une lame de silex, puis les frottant avec du sable. La jeune fille fronça le nez. Les dépouilles allaient sentir fort, sur le tronc. Passait encore quand on pouvait les tendre à l'écart du campement, mais là, elles les suivraient partout.

— Tu es sûr que nous avons besoin de ces peaux?

— Pas maintenant. Mais cet hiver, nous serons bien contents de les avoir. Tu sais combien il en faut pour confectionner une pelisse?

Grenouille l'ignorait. Le temps était encore chaud, les nuits tièdes. Comment Arbas pouvait-il déjà penser à l'hiver? Elle se souvint soudain d'une conversation avec Grand-Aigle.

— Quelle est la principale qualité d'un chef, grand-père?

— À toi de me le dire.

— La force? La sagesse?

— Pas tout à fait.

— Quoi, alors ?

Grand-Aigle l'avait laissé chercher encore un moment avant de lui livrer la réponse.

— La prévoyance, Grenouille ! Un chef a le regard tourné en permanence vers l'avenir. En plein été, il ordonne de fumer la viande afin de la conserver pour la saison froide ; l'hiver, il fait tailler les pointes de flèche pour la chasse. Il voit toujours deux saisons en avance de nous.

Au fond, Arbas avait les qualités d'un chef, y compris le caractère irascible. Cette pensée fit sourire la jeune fille.

— Quoi ? demanda Arbas.

— Oh, rien. Tu devrais te baigner, ajouta-t-elle pour changer de sujet.

Le bras de son ami était couvert de sang jusqu'au coude.

— Pourquoi ?

— Tu sens presque aussi fort que ces peaux.

Arbas pinça les lèvres. Depuis leur départ, presque une demi-lune auparavant, il refusait de s'approcher de l'eau. Il passait de la rive au tronc et du tronc à la rive, s'arrangeant pour ne jamais poser un pied dans la rivière.

— Je suis certaine que tes blessures guériraient mieux si tu les lavais, insista-t-elle.

— Je vais très bien, s'entêta Arbas. Je m'essuierai avec des feuilles, d'accord? J'ai vu de la menthe fraîche par là-bas.

Grenouille tourna la viande sans répondre. Elle était plus têtue que lui, et s'il ne lui obéissait pas de son plein gré, ce serait par la force. L'amitié consistait aussi à agir pour le bien de ses amis, n'est-ce pas?

Après le repas, elle guetta les déplacements du garçon. Au moment où il s'approchait de la rive, elle bondit comme un chamois, l'attrapa par la taille et le fit basculer dans l'eau. Il hurla de terreur et tenta d'échapper à son étreinte. En vain: bien qu'ils aient pratiquement le même âge, la jeune fille était plus grande et plus lourde que lui, ses muscles de montagnarde plus entraînés. Assise sur les jambes de sa victime, elle en profita pour la frictionner vigoureusement à l'aide de saponaire.

— Arrête!

— Ne râle pas, tu ne vas pas te noyer dans trois doigts d'eau.

Pourtant le garçon paniquait et se débattait; il but même la tasse en se retournant. Grenouille finit par le lâcher pour le laisser regagner la rive, toussant et crachant.

— P... Pourquoi tu as fait ça ? bredouilla-t-il dès qu'il eut retrouvé son souffle.

— C'est pour ton bien !

— Tu as essayé de me tuer !

— N'importe quoi ! Si j'avais voulu te tuer, tu serais déjà mort, d'abord !

Le garçon détourna le regard, puis s'éloigna à grands pas. La raideur de son dos dénonçait sa colère et son humiliation. Grenouille s'écarta de la rive en se laissant porter par l'eau. Elle éprouvait un peu de remords : employer la manière forte n'était peut-être pas la meilleure idée. Son ami avait paniqué pour de bon. Mais il n'y avait vraiment pas de quoi ! Et puis s'ils devaient suivre la rivière, autant qu'il s'habitue à l'eau, non ? Que ferait-il s'il tombait du tronc ? Elle s'éloigna encore, ignorant Arbas qui grelottait plus loin en la regardant. Il faudrait bien qu'il s'y fasse : leur route était inextricablement mêlée à celle de la rivière.

Chapitre 4

La trahison de la rivière

Allongée du côté des racines, Grenouille contemplait leur embarcation. Débarrassé de ses branches, évidé en son milieu, le tronc avait gagné en stabilité. À l'avant, Arbas maniait sa longue gaffe avec agilité. Bien que deux lunes se soient écoulées depuis l'incident du bain, il se méfiait toujours de sa compagne de voyage. Tout juste consentait-il à pratiquer une rapide toilette dans les anses paisibles. Cette peur de l'eau exaspérait la jeune fille, qui avait du mal à la comprendre. L'élément aquatique lui paraissait aussi naturel que la terre, la neige ou le vent.

— Si tu apprenais à nager, tu n'aurais plus peur, disait-elle, reprenant les arguments de son grand-père.

— Je ne veux pas !

— Mais pourquoi?

— C'est trop dangereux.

La conversation tournait en rond. Mais depuis sa première tentative, Grenouille avait appris à respecter les craintes de son ami. En fin de compte, cette aversion de l'eau que partageaient avec lui tous les forestiers avait au moins un avantage: les deux enfants n'avaient croisé personne. Se reposant au cœur de buissons touffus la journée, ils naviguaient la nuit, prêts à s'aplatir contre le tronc pour se dissimuler. Quant aux prédateurs, ils ne pouvaient les atteindre au milieu de la rivière.

Petit à petit, Grenouille apprivoisait l'obscurité.

Elle sursauta néanmoins quand quelque chose sauta près d'eux avant de retomber avec un «plouf» sonore. Un cri de frayeur lui échappa.

— C'est juste un poisson, remarqua Arbas.

— Il m'a surprise! Et puis c'est la nuit.

— Et alors?

— Tu n'as pas peur du noir, toi?

Tout le monde redoutait l'obscurité, à sa connaissance. À part son grand-père, mais Grand-Aigle n'avait jamais eu peur de rien. D'un coup de gaffe habile, Arbas évita une racine à fleur d'eau, à peine visible à la lueur des étoiles.

— Dans le noir, répondit-il à voix basse, personne ne me voit.

Grenouille sentit son cœur se serrer. C'était si triste, comme réflexion ! Elle, au contraire, avait toujours voulu que les autres la voient, qu'ils fassent attention à elle, comme Grand-Aigle ! Elle tendit la main pour la poser sur l'épaule de son ami, faisant tanguer le tronc.

— Attention !

La voix d'Arbas était un peu sèche, comme s'il regrettait son moment de faiblesse. La jeune fille reposa sa main sur le tronc, puis la releva aussitôt, un doigt tendu vers l'avant.

— Regarde ! s'exclama-t-elle, le souffle coupé.

La forêt s'arrêtait d'un coup, comme au bord d'une falaise. Mais nul précipice ne les attendait. Une plaine herbeuse ondulait devant eux, à perte de vue. La pâle lumière de l'aube naissante illuminait les gouttelettes de rosée accrochées aux longues tiges.

— Ce que c'est beau…, fit Grenouille, rêveuse.

— Sauf qu'il n'y a aucun coin où se cacher, remarqua Arbas.

Le tronc dérivait plus lentement dans le courant. Grenouille aurait bien voulu distinguer le visage de son ami, mais il lui tournait le dos.

— Tu as peur de quitter la forêt?

— Je n'ai pas exactement peur, simplement… c'est tout ce que j'ai jamais connu.

Grenouille laissa pendre ses pieds dans l'eau, les yeux rivés sur la grande plaine. Elle aussi avait laissé derrière elle l'univers des montagnards. Mais les cendres de son grand-père lui montraient le chemin. Elle découvrait avec surprise qu'elle ne regrettait rien. Ni sa tribu, ni les montagnes, ni même sa famille. Le bonheur de partir à l'aventure l'emportait sur tout le reste.

— Pense au pays merveilleux!

— J'y pense.

La voix manquait de conviction.

— Tu n'y crois pas, accusa Grenouille.

— Je suis ici avec toi, non?

Après une pause, Arbas reprit avec plus de force:

— On ira au bout de cette rivière, je te le promets.

Grenouille sentit son cœur se réchauffer à cette promesse. Arbas ne croyait peut-être pas complètement à ce rêve, mais il lui faisait confiance. À elle de lui prouver qu'il ne regretterait pas son choix.

— Je vais te raconter le pays merveilleux, décidat-elle.

Et tandis que le tronc s'éloignait de plus en plus de la forêt, Grenouille entreprit de se souvenir pour Arbas de tout ce que Grand-Aigle lui avait dit à son sujet, dans les moindres détails. Captivé par le récit de son amie, le garçon oublia peu à peu sa nervosité; et le jour se leva sans qu'ils n'y prennent garde.

Un grondement sourd les ramena soudain à la réalité. Surpris, Arbas rapprocha brusquement le tronc de la rive, manquant de les faire chavirer. Là, de hautes herbes leur permirent de se mettre à l'abri. Tapis au-dessous, ils observèrent des animaux à quatre pattes dotés d'une longue crinière passer au grand galop.

— Qu'est-ce que c'est ? s'étonna la jeune fille.

— Des chevaux, murmura Arbas. On en voit parfois à la lisière de la forêt.

Un petit groupe de chasseurs à la peau brune, armés de longs javelots, pourchassaient le troupeau, visiblement dans l'intention de le rabattre dans une direction précise.

— Tu crois que ces hommes sont méchants ? demanda Grenouille.

Après tout, ils ne se trouvaient plus sur les terres du clan du Cerf et aucun montagnard ne s'était jamais aventuré de ce côté: se cacher était-il encore nécessaire? Elle se lassait de ne jamais pouvoir allumer de feu, ce qui les forçait à manger leur nourriture crue.

— Mieux vaut rester prudents, répondit Arbas.

Grenouille soupira. Il avait sans doute raison. Mais où se situait la limite entre la crainte et la prudence?

«En tout cas, se promit-elle, quand nous arriverons au pays merveilleux, plus question de vivre dans l'ombre!» Dans l'intervalle, mieux valait écouter Arbas. Les énormes chevaux lui faisaient tout de même un peu peur.

***

Les feuilles des arbres se teintaient de fauve dans le crépuscule. Grenouille ramassa l'une d'elles tombée sur le tronc amarré au pied d'un saule, pour la laisser filer dans le courant. Celui-ci était à présent si fort qu'elle doutait de pouvoir traverser à la nage, si elle y était obligée. D'autant que la rivière s'élargissait de plus en plus.

— On devrait voyager de jour, conseilla-t-elle à Arbas. Il y a beaucoup de pierres sous l'eau, ici, nous risquons d'en heurter une.

— Il y a aussi beaucoup de passage.

Les hommes étaient en effet plus nombreux et les abris se raréfiaient. Plus d'une fois, Arbas et elle avaient failli être surpris, au lever du soleil, par les occupants des nombreuses huttes qui jalonnaient le cours de la rivière.

— Les hommes des plaines sont peut-être plus accueillants que ceux de nos tribus...

— Mais s'ils ne le sont pas, nous risquons notre vie.

Grenouille secoua la tête. Ils ne pourraient toujours éviter leurs semblables. Les habitants des plaines ne redoutaient pas l'eau comme ceux de la forêt.

— C'est vraiment pour ta vie, que tu crains? demanda-t-elle en effleurant l'une des cicatrices sur le torse de son ami.

Arbas recula comme si elle l'avait brûlé. Les plaies avaient guéri depuis longtemps, mais la peau conservait une teinte plus claire à l'endroit des marques, le faisant ressembler à un chat sauvage. Grenouille savait pourtant d'expérience que les blessures les plus douloureuses n'étaient pas forcément celles qui se voyaient le plus.

— N'aie pas peur, murmura-t-elle, désespérée de ne pas connaître les mots qui soignaient.

Grand-Aigle aurait su les trouver, lui. Il avait toujours apaisé ses chagrins et ses colères d'enfant. Grenouille se sentit soudain petite, seule, et très désemparée.

— Je te protégerai, dit-elle maladroitement. S'ils ne sont pas gentils, on repartira tout de suite.

Arbas ne répondit pas. La nuque courbée, les cheveux masquant ses yeux, il se murait dans un silence buté. La jeune fille soupira. Elle aurait presque préféré une franche dispute. Comment aider quelqu'un qui refusait de parler?

— On verra demain, soupira-t-elle en dénouant le lien de cuir qui retenait le tronc à un arbre, afin que le courant ne l'emporte pas durant leur sommeil.

Tête basse, Arbas passa devant elle sans un mot et s'empara d'un bâton dans le tas toujours plus imposant qu'il s'était confectionné au fil des jours. Il y avait là des branches longues et pointues pour servir de perche; d'autres, plus courtes et plus larges, pour pagayer dans le courant. Grenouille devait au moins reconnaître qu'il se débrouillait à merveille pour les guider, même avec un seul bras. La seule fois où elle avait essayé, elle avait lamentablement fait tourner le tronc en rond. «Jamais je ne serais arrivée aussi loin sans lui», pensa-t-elle dans un élan de reconnaissance. Leur rencontre avait été une chance providentielle.

— Tu es prête? la héla Arbas.

Elle sourit derrière sa main. Même en colère contre elle, il l'attendait. Elle entra dans la rivière pour repousser le tronc du bord. L'eau fraîche clapotait contre ses chevilles. Les cendres de son grand-père étaient passées par là avant elle. Il devait avoir beaucoup d'avance, à présent, car lui ne s'arrêtait pas pour se reposer. Pourtant, il lui semblait sentir sa présence dans la rivière, comme si celle-ci l'écoutait vraiment.

***

Vers le milieu de cette nuit-là, le courant devint tumultueux. Le tronc roulait d'un bord sur l'autre, menaçant à tout moment de se renverser. Grenouille fut saisie d'angoisse. Si jamais ils chaviraient, elle pourrait toujours rejoindre la berge à la nage. Mais Arbas? Il risquait de couler à pic, surtout s'il paniquait!

— Fais attention, lui conseilla-t-elle alors que d'un coup de bâton, il éloignait le tronc du bord.

Une secousse fit trembler le tronc. Ils avaient heurté un gros rocher dissimulé sous l'eau. Grenouille se crispa, recroquevillée à l'autre bout de l'embarcation. Ses mains étreignaient de toutes leurs forces les moignons de racines. Arbas, lui, conserva un calme impressionnant.

— Pousse! ordonna-t-il en tendant une perche à son amie.

Grenouille s'en saisit d'une main tremblante. Il était facile de maîtriser sa peur, une fois qu'on avait appris à la connaître. Mais avoir peur pour quelqu'un d'autre? Voilà qui était pour elle une expérience nouvelle. Appuyant l'extrémité de la perche sur la pierre invisible, elle poussa de toutes ses forces pour les dégager. L'embarcation accéléra aussitôt.

— On va trop vite, remarqua-t-elle avec inquiétude.

— Reste assise. Je vais nous sortir de là.

— J'aimerais que tu t'asseyes, toi aussi!

À califourchon sur le tronc, Grenouille sentait l'eau bouillonner autour de ses chevilles. La surface de la rivière se frangeait d'écume à la lumière de la lune. Pourtant, Arbas se dressait à l'avant comme un chêne. La jeune fille savait que le moindre choc pouvait le déséquilibrer. Et comme pour confirmer ses craintes, le garçon évita de justesse une grosse pierre. Ils tanguèrent de nouveau dangereusement.

— Ralentis! ordonna Grenouille. Et assieds-toi, s'il te plaît!

À ce rythme, ils allaient se fracasser contre le rocher suivant. Le murmure de l'eau se mua en rugissement. Un horrible pressentiment serra le cœur de Grenouille. Était-ce son grand-père qui l'avertissait du danger?

— Je ne peux pas ralentir! cria Arbas pour couvrir le fracas.

Pour la première fois, sa voix trahissait une pointe de terreur. Grenouille appuya sa perche sur le rocher le plus proche et s'arc-bouta dans l'espoir de freiner. Hélas, le bâton se brisa avec un claquement sec. La jeune fille faillit perdre l'équilibre et se raccrocha de justesse au tronc.

— Qu'est-ce que tu fais? demanda Arbas.

— Il faut regagner le bord!

— J'aimerais bien, mais je n'y arrive pas!

Il s'accroupit enfin. Sa main lâcha la gaffe pour se cramponner à un moignon de branche. Il se rendait! La rivière avait gagné.

— Grand-père, où es-tu? murmura Grenouille avec désespoir.

Elle s'allongea et, plongeant ses mains palmées dans l'eau, tenta de dévier leur trajectoire. En vain. Un cri de terreur lui fit lever la tête.

— Regarde! hurla Arbas, doigt tendu.

À quelques mètres vers l'avant, la rivière disparaissait d'un coup, avalée par les ténèbres. L'écume jaillissait dans l'air nocturne comme l'haleine d'un monstrueux animal.

— Le bout du monde…, lâcha Arbas, livide, en abaissant le bras.

Le cœur de Grenouille s'emballa. Et si le clan du Cerf avait raison ? S'il n'existait rien, que le néant, au-delà ? Si elle avait joué sa vie, et surtout celle d'Arbas, sur de simples histoires ?

— Grand-père, aide-nous, pria-t-elle, cramponnée à l'embarcation folle.

Comme pour lui répondre, un choc ébranla la coque. Ils avaient heurté un gros rocher à fleur d'eau. Le tronc dérapa en travers du courant, l'avant à quelques centimètres seulement de la berge. De l'arrière, Grenouille hurla :

— C'est le moment, descends, vite !

Arbas ne bougea pas. À la lumière de la lune, son visage avait la pâleur de l'écume. La peur le paralysait. Lentement, le tronc commença à décrire un arc de cercle. Il allait se dégager et les entraîner avec lui dans le néant !

Grenouille se redressa, posa les pieds sur le tronc et, en équilibre, courut vers l'avant.

— Saute !

En arrivant à sa hauteur, elle tira Arbas par le bras, sans lui donner le temps de réfléchir. Ils plongèrent la tête la première dans l'eau bouillonnante. Grenouille sentit le courant s'enrouler autour d'elle. Le bras valide d'Arbas serrait son cou à l'étouffer. Elle étendit les bras, décidée à ne pas paniquer. Il y avait longtemps de cela, lors de son premier entraînement, au lac, elle avait coulé à pic. Grand-Aigle l'avait repêchée suffocante, puis il lui avait montré comment taper du pied pour remonter. Encore fallait-il pouvoir atteindre le fond… La rivière était plus profonde que le lac, plus traître aussi. Le courant entraînait la jeune fille, même sous l'eau. Soudain, son épaule heurta violemment un rocher. Elle s'y agrippa avec la force du désespoir et poussa sur ses jambes pour regagner la surface. Les quelques coudées qui l'en séparaient lui parurent infranchissables. Le besoin de respirer lui creusait la poitrine, devenait plus pressant à chaque instant.

Enfin, sa tête creva la surface. Elle ouvrit la bouche pour aspirer de l'air, mais l'étreinte d'Arbas la fit de nouveau couler. Elle dut utiliser ses deux bras pour s'en dégager. Toussant, crachant, elle s'agrippa au rocher salvateur. Le courant s'écrasait avec violence contre sa face en amont. L'autre, en aval, était à peine plus protégée. Arbas s'y cramponnait, les yeux agrandis par la terreur. Grenouille reprit son souffle, la gorge et les poumons douloureux. Elle avait envie de hurler contre lui, car il avait bien failli les noyer tous les deux, mais devant son expression, elle se retint. Ils n'étaient pas encore tirés d'affaire, loin de là! Un bras de rivière aussi long que le tronc qui leur avait servi d'embarcation les séparait de la rive. La jeune fille se retourna pour chercher l'embarcation du regard. Celle-ci avait disparu, emportée par le courant ainsi que toutes leurs affaires. L'espace d'un instant, le désespoir anéantit Grenouille.

— Grand-père, s'il te plaît, aide-moi, supplia-t-elle encore une fois.

Sous l'eau, quelque chose de froid frôla ses jambes. Elle les remonta instinctivement pour se protéger, puis une image lui revint. Quand elle se trouvait au fond de la rivière, le courant lui avait semblé moins fort. Peut-être qu'en nageant profondément sous la surface, elle parviendrait à son but? Elle n'avait jamais tenté pareille opération, mais sans Arbas pour l'étrangler, cela lui paraissait réalisable.

— Je vais traverser, annonça-t-elle à son compagnon.

Elle se rendit aussitôt compte qu'il ne pourrait jamais la suivre. Il glissait déjà le long du rocher, incapable de se retenir correctement d'un seul bras, tant il tremblait. Hors de question de le porter de l'autre côté, elle n'en avait pas la force.

— Est-ce que tu peux m'attendre ici?

— Les anciens avaient raison, bredouilla le garçon en retour. Au bout de la rivière, il y a la mort.

— N'importe quoi. C'est juste un obstacle à franchir.

Grenouille était loin d'éprouver autant de certitude qu'elle en affichait. Le fracas de l'eau l'assourdissait et elle n'avait aucune idée de ce que devenait la rivière, après sa chute dans les ténèbres. Mais elle refusait de se laisser décourager. Si elle devait mourir, au moins, elle aurait lutté jusqu'au bout.

— Cramponne-toi. Je passe de l'autre côté et je t'aide à traverser.

Elle chercherait comment faire plus tard. Sans attendre la réponse du garçon, elle prit une grande inspiration, replia ses jambes contre le rocher et plongea. L'eau l'engloutit aussitôt, froide et silencieuse. Elle battit des jambes pour avancer. Dans les profondeurs obscures, elle devait se fier à son sens de l'orientation pour atteindre son but. L'épaule avec laquelle elle avait heurté le rocher, un peu plus tôt, lui faisait mal. Elle tendit les bras devant elle, les ramena sur le côté, doigts écartés. Elle avait eu raison : en profondeur, le courant la malmenait moins, ce qui ne l'empêcha pas de se cogner encore à des rochers. La pression dans ses oreilles murmurait des mots d'encouragements. Elle aurait juré reconnaître la voix de son grand-père. Elle battit plus fort des jambes, tendue tout entière vers son but. L'envie de respirer la tenaillait, mais elle résistait vaillamment. Soudain, ses coudes heurtèrent une surface dure. Elle voulut se rattraper, mais l'eau la propulsa en avant. Elle bascula tête la première, avala une gorgée involontaire, puis atterrit sur le dos. Elle se redressa aussitôt en position assise pour vomir. La rivière l'avait recrachée dans une anse abritée, hors du flot tumultueux.

— J'ai réussi ! hurla-t-elle à l'attention d'Arbas, dès qu'elle fut en état de parler.

Aucune réponse. Elle pataugea maladroitement jusqu'à la rive. Il lui fallait quelque chose pour atteindre le rocher où se trouvait son ami, quelque chose qui puisse flotter... Un animal bondit soudain sur ses épaules. Elle hurla, provoquant l'envol d'un oiseau nocturne. Aussitôt après, elle se rendit compte de sa méprise. Elle venait de se prendre la tête dans les branches d'un saule pleureur. Le cœur encore battant, elle s'accrocha aux lianes qui pendaient dans l'eau pour regagner la berge.

L'idée lui vint au moment où elle posait le pied sur le bord. Si elle pouvait trouver une branche assez longue pour parvenir jusqu'au rocher d'Arbas... Elle fouilla frénétiquement dans l'amas végétal. Celle-ci était trop courte, cette autre à moitié pourrie, une autre encore se détachait de l'arbre. Pourtant, Grenouille devait agir vite, Arbas fatiguait. Une feuille coupante lui entailla le doigt. En la rejetant, la jeune fille trouva une longue et souple liane, qu'elle soupesa entre ses mains. Ce serait juste, mais ça pouvait suffire. Elle l'attacha donc solidement au tronc du saule, puis enroula l'autre extrémité autour de son poignet.

Ainsi équipée, elle entra de nouveau dans l'eau. Celle-ci lui parut plus glacée encore que lors de leur naufrage. Sans doute l'effet de la fatigue. Le courant l'emporta aussitôt. Elle se cramponna des deux mains à la liane, priant pour que celle-ci tînt bon. En bout de course, la liane l'arrêta. Il lui fallait à présent remonter le courant pour atteindre le rocher. Heureusement, celui-ci créait une zone calme dans son sillage. Grenouille battit des jambes le plus fort qu'elle put, poussée par la colère. Pourquoi devait-elle lutter contre la rivière qui l'avait jusqu'alors portée, protégée ? Elle avait la même sensation amère que quand sa mère avait refusé de la soutenir face au shaman. Mais la colère lui donna des forces. Ses pieds trouvèrent le rocher qu'elle enserra d'un bras, l'autre toujours enroulé dans la liane.

— Arbas! cria-t-elle, donne-moi la main, je te rattrape.

Aucune réponse. Son cœur se serra. Avait-il coulé tandis qu'elle remontait le courant? Elle voulut contourner le rocher, mais la liane la retint. Impossible d'aller plus loin. Sa main libre tâta l'arrière de la pierre, invisible pour elle. Un immense soulagement l'envahit quand elle trouva le bras du garçon.

— Lâche-toi, je t'en supplie, je te rattraperai!

Dans sa position précaire, retenue d'une main par la liane, plaquée contre le rocher, elle ne pouvait lutter contre la force avec laquelle il étreignait la pierre.

— Fais-moi confiance, l'implora-t-elle.

Le garçon céda soudain. Surprise, Grenouille faillit le manquer alors que le courant l'emportait comme un fétu de paille. Elle lâcha le rocher pour agripper son poignet. Son épaule meurtrie protesta violemment quand la liane tira dessus. Impossible de remonter le courant dans cette situation. La jeune fille se laissa dériver, un bras autour des épaules d'Arbas. La peau glacée du garçon glissait sous ses doigts; il n'avait plus assez de force pour se tenir à elle. Elle battit encore des jambes pour se rapprocher de la rive.

— Courage, le plus dur est fait!

Un sanglot de soulagement monta dans sa poitrine quand ses genoux heurtèrent la berge pierreuse. Elle leva une jambe pour prendre appui sur la terre ferme et de son bras libre, hissa Arbas sur le bord. Quand elle laissa enfin aller la liane, celle-ci avait imprimé une marque rouge sur toute la longueur de son avant-bras. Grenouille demeura allongée sur le dos à côté de son ami, les mollets dans l'eau, incapable de bouger en dépit des cailloux pointus qui lui rentraient dans les côtes.

— Tu vois, dit-elle au garçon, encore haletante, la rivière ne nous a pas tués, au bout du compte.

— Tu m'as sauvé la vie, murmura Arbas. Merci.

Il repoussa du dos de la main les mèches collées à son front.

— Je croyais avoir pensé à tout. Mais j'avais oublié comme la rivière peut être violente.

— Elle coule aussi vite que le torrent de la montagne. Mais avec beaucoup plus d'eau.

Les enfants se turent, essoufflés de ces quelques mots échangés. Malgré son épuisement, Grenouille roula sur le côté. La peau de son ami était glacée.

Arbas frissonna quand elle se colla contre lui. Elle cala sa tête au creux de son épaule, comme elle le faisait, petite, avec son grand-père. Sauf que cette fois, elle était celle qui cherchait à rassurer.

— La route est difficile, chuchota-t-elle tandis que la chaleur de son corps se communiquait peu à peu à son ami. Mais ça en vaut la peine.

— Je te crois, souffla-t-il en retour. Je t'ai toujours crue.

En attendant qu'ils se réchauffent et reprennent des forces, Grenouille reprit une fois de plus le récit de ce qui les attendait, au pays merveilleux. Après avoir tant de fois écouté Grand-Aigle en parler, elle avait par moment l'impression de l'entendre s'exprimer à travers elle. Et puis, parler de leur destination la rendait plus réelle. Peu à peu, ils cessèrent de trembler. Ils s'écartèrent de la rive pour trouver un refuge. Arbas parvint à allumer un feu à l'aide d'herbes sèches et de petits branchages.

— Comment fais-tu ? demanda Grenouille en tendant les mains vers les flammes.

Parmi les montagnards, seuls les chasseurs les plus expérimentés savaient faire prendre le feu à partir de rien. Elle s'était plus d'une fois meurtri les paumes en tentant de les imiter.

— Je ne sais pas. Cela me paraît aussi naturel que nager l'est pour toi, répondit Arbas en jetant de nouvelles branches dans les flammes.

Puis il ajouta avec un demi-sourire :

— Mais au pays merveilleux, il nous suffira de claquer des doigts pour allumer le feu, non ?

Grenouille pouffa. C'était la première fois que son ami faisait de l'humour – un art que Grand-Aigle maîtrisait à la perfection, mais guère prisé des montagnards. Tant pis si cela prouvait qu'il ne croyait pas complètement au pays merveilleux. Après tout, il serait bien forcé de se rendre à l'évidence quand ils y arriveraient !

Chapitre 5

La grande falaise

Incapables d'un effort supplémentaire, Grenouille et Arbas passèrent le début de la journée sous les branches du saule, entre deux racines, blottis l'un contre l'autre dans les feuilles sèches. Quand la jeune fille s'endormit, vaincue par la fatigue, Arbas scrutait toujours la rivière, les yeux grands ouverts. En revanche, à son réveil, il dormait profondément, ses cheveux trop longs masquant son visage. Grenouille s'étira avant de grimacer. Quand elle releva la manche de sa tunique, elle vit qu'un bleu énorme s'étalait sur son épaule. De plus, elle mourait de faim. Elle tendit la main pour attraper son sac, avant de se souvenir qu'il avait disparu par-dessus bord en même temps que le tronc. Les larmes lui montèrent aux yeux. Elle posa ses coudes sur ses genoux et contempla la rivière. Arbas avait tant insisté pour qu'ils entassent des provisions, des fourrures, des armes, et tout leur avait été arraché en un instant ! Elle avait eu trop confiance en la rivière. Persuadée que celle-ci était leur amie, elle n'avait pas songé qu'elle pourrait leur jouer un mauvais tour. Pourtant, elle savait à quel point la nature pouvait se montrer imprévisible ! En montagne, les orages arrivaient sans crier gare, surprenant le voyageur imprudent. Il fallait aussi se méfier des chutes de pierres, des crevasses, et bien sûr, des ours bruns.

— Pardon, Arbas, chuchota-t-elle à l'intention de son ami endormi.

Puis elle se releva d'un bond. Grand-Aigle aimait à répéter que rien ne servait de pleurer sur ce qu'on ne pouvait changer ; mieux valait se préoccuper de ce qu'on pouvait faire pour l'avenir. Grenouille écarta d'une main le rideau des branches du saule, bien décidée à trouver un moyen de réparer son erreur. Elle cligna des paupières. Après tant de journées passées à dormir, la lumière dorée du soleil blessait ses yeux. Un besoin irrépressible de sentir sa chaleur sur sa peau vint chasser la faim. Le paysage escarpé lui rappelait ses montagnes natales. À quelques pas du saule, la rivière s'engouffrait entre deux énormes rochers.

Longeant la rive, Grenouille tomba sur des buissons de myrtilles dont elle se gava avant de reprendre sa route. Elle redoutait le moment où elle arriverait au bord du vide. Et si Arbas avait raison, en fin de compte ? Elle ne distinguait rien au-delà, qu'un ciel bleu strié de blanc. L'eau, jaillissant par-dessus le bord, soulevait un nuage d'écume dans lequel se formaient de minuscules arcs-en-ciel. La jeune fille s'immobilisa, poings serrés. C'était si beau ! Elle ne pouvait pas croire qu'au-delà, il n'y avait plus rien. Elle avança d'un pas, d'un autre. D'un troisième. Elle ferma les yeux. Quatre. Elle souleva les paupières. Un cri de joie et d'allégresse monta dans sa poitrine.

— Grand-père, j'y suis arrivée !

En contrebas, une immense plaine s'étendait à perte de vue. La rivière s'y déroulait comme un grand serpent aux anneaux argentés. Grenouille s'approcha avec précaution, s'appuyant contre un rocher pour scruter le vide. Elle se tenait debout sur le rebord d'une gigantesque falaise, qui plongeait à pic. La rivière bouillonnait avec force jusqu'au bord, avant de retomber en cascade dans un bruit assourdissant. S'ils n'avaient pas chaviré, la veille au soir, ils se seraient certainement rompu le cou en tombant de si haut.

Deux cents hommes debout les uns sur les épaules des autres n'auraient pas atteint la même hauteur.

— Merci, grand-père, dit Grenouille, les deux mains sur sa poitrine.

Elle avait eu tort de douter de sa protection. Le pays qu'elle voyait à ses pieds était sûrement celui dont il parlait. Le pays de l'abondance et du bonheur éternel. Son cœur était si gonflé de joie qu'elle aurait pu s'envoler. Elle rebroussa chemin en courant, glissant sur les pierres humides de la berge dans sa hâte pour rejoindre son ami.

— Arbas, Arbas, réveille-toi, viens voir !

Elle dut le secouer longuement avant qu'il ne consente à ouvrir les yeux. Il bâilla et se frotta le visage de sa main libre.

— Qu'est-ce qu'il y a ?

— Viens voir !

Lui prenant la main, elle le traîna derrière elle, à demi réveillé. Le garçon frissonnait dans ses vêtements humides et trébucha quand elle s'arrêta au bord de la falaise. Elle dut le retenir fermement par le bras.

— Tu vois ? C'est le pays merveilleux.

Arbas ouvrit de grands yeux. Puis son visage se froissa de perplexité. Grenouille se renfrogna. Pourquoi ne partageait-il pas son émerveillement ?

— Ce n'est pas la fin, déclara-t-il enfin. Regarde, la rivière continue.

La jeune fille contempla le ruban brillant, puis la cascade. Ce n'était donc pas le bout de la rivière? Son cœur se serra devant l'immensité de la plaine. S'ils n'étaient pas arrivés au terme de leur voyage, combien de temps celui-ci se poursuivrait-il? Deux enfants comme eux seraient-ils capables de survivre à l'hiver, seuls?

— Par où tu comptes descendre? ajouta Arbas.

L'immense falaise s'étirait sur la gauche comme sur la droite. Grenouille regarda vers le bas, puis compta sur ses doigts:

— Il nous faut des cordes, des bâtons solides et...

Le garçon blêmit.

— Tu plaisantes? Tu n'as pas l'intention de descendre là, quand même?

— Pourquoi pas? Tu vois un sentier, toi?

— Non.

— Alors, on n'a pas le choix.

— On a toujours le choix! On pourrait s'installer là.

— Tout seuls?

— Et pourquoi pas? Nous nous sommes bien débrouillés jusqu'à présent, non?

La jeune fille dévisagea son ami. Envisageait-il vraiment de renoncer ?

— Et le pays merveilleux ?

— Nous n'y arriverons jamais si nous nous tuons en chemin.

Grenouille se tourna brusquement vers la falaise. La descente était abrupte, mais les prises nombreuses. Elle avait connu pire.

— On peut y arriver, déclara-t-elle d'un ton assuré.

— Tu es trop confiante ! Souviens-toi de ce qui a failli arriver avec la rivière !

— On ne peut pas rester ici. Mon grand-père m'attend là-bas, dit-elle en pointant le doigt vers l'horizon.

— Grenouille, c'est le pays des morts.

Les deux enfants s'affrontèrent un moment du regard. La jeune fille détourna le sien la première.

— Je te prouverai qu'on peut descendre cette falaise !

— Ne compte pas sur moi pour te regarder te rompre le cou ! répliqua Arbas, les joues rouges de colère. Tu confonds le courage et l'inconscience !

Sur ce, il lui tourna le dos et s'éloigna en direction du grand saule. Grenouille eut soudain très froid. Le vent soufflait fort, sur les hauteurs. Elle avait une envie folle de courir après Arbas pour s'excuser. Mais il n'y avait aucun autre moyen de le convaincre que par l'exemple. Une fois qu'il l'aurait vue affronter la falaise, il changerait sûrement d'avis. La contourner leur prendrait plusieurs saisons. Déterminée, elle serra les mâchoires, les poings. Elle n'était pas inconsciente ! Elle savait que c'était possible. Mais d'abord, elle devait réunir le matériel nécessaire.

***

Grenouille contempla les lianes étalées devant elle, puis tira dessus pour éprouver leur solidité. Résisteraient-elles aussi bien que les tresses de cuir qu'elle utilisait pour escalader les flancs de la montagne, à la recherche de nids de choucas ? Elle n'avait pu trouver mieux, il faudrait faire avec. Elle avait aussi choisi quelques bâtons solides, à glisser dans les fentes rocheuses comme points d'appui. Elle les recompta une dernière fois : beaucoup plus qu'il ne lui en fallait à elle seule. Largement assez pour deux personnes. Son regard se perdit dans les ombres qui s'allongeaient. Et si Arbas était parti pour de bon ? Les larmes lui montèrent aux yeux. Elle les essuya d'un geste rageur. Pas question de renoncer à son projet. Son grand-père l'attendait, elle lui avait promis de le rejoindre. Elle réunit son matériel et rejoignit le creux sous l'arbre dans lequel ils avaient dormi la veille. Avant d'affronter la descente, elle devait reprendre des forces. Au moment où elle se glissait dans les feuilles mortes, le craquement d'une branche la fit sursauter. Elle se redressa, couteau en main. Un souffle rauque se rapprochait. Grenouille s'accroupit, prête à bondir. Enfin, elle distingua une silhouette humaine.

— Arbas?

Le garçon se laissa tomber à ses côtés. Elle le secoua par les épaules, encore sous le coup de la frayeur.

— Tu pourrais prévenir! J'ai failli t'attaquer!

— Je viens avec toi.

— Tu as changé d'avis?

— Oui.

Il baissait les yeux, gêné. Sa main valide s'empara d'un bâton qu'il tourna et retourna, sans regarder Grenouille. Elle n'insista pas. Elle aussi, elle avait eu peur de poursuivre le voyage toute seule. Inutile de froisser davantage la fierté de son compagnon. Elle avait envie de le serrer très fort contre elle, mais elle n'était pas sûre qu'il se serait laissé faire. Au lieu de ça, elle désigna du doigt son matériel d'escalade.

— Tu vois, j'ai tout ce qu'il faut. Je suis une montagnarde: l'escalade, ça me connaît. Avec ces lianes, tu pourras soutenir ton poids d'un seul bras.

Le garçon les tâta, une moue sceptique aux lèvres.

— Tu ne peux pas les utiliser comme ça, elles vont casser.

— Tu crois ?

Les conifères montagnards n'offraient pas de semblables lianes. Grenouille avait supposé que celles-ci vaudraient bien le cuir, mais Arbas, en tant que forestier, s'y connaissait mieux qu'elle en végétaux.

— Il faudrait les assouplir avec de l'eau avant de les tresser, conseilla-t-il. Je vais t'aider.

Une bonne partie de la nuit fut donc consacrée à tresser des cordes, à l'aide de différentes fibres naturelles. Arbas se montrait si pointilleux que Grenouille manqua plusieurs fois perdre patience, mais elle se contrôla. Son ami lui avait fait une grande concession en acceptant finalement de l'accompagner. Elle comprenait que se cramponner aux détails l'aidait à ne pas céder à la peur. Au matin, elle dut reconnaître que le résultat en valait la peine : ils disposaient de cordes épaisses et solides, aussi aptes à soutenir leur poids que les liens de cuir des montagnards. Le tressage en plusieurs épaisseurs permettait d'éviter que la corde entière ne cède en cas de rupture d'une des fibres.

— Prêt ? demanda Grenouille avec un grand sourire.

— Non, répondit le garçon, l'air aussi crispé que s'il s'apprêtait à plonger dans l'eau.

— Tu verras, tout va bien se passer, lui promit-elle.

***

Grenouille s'assura que la corde se trouvait solidement accrochée au rocher. L'autre extrémité s'enroulait autour de sa taille et de ses cuisses. Elle jeta un dernier regard au gouffre qui s'ouvrait devant elle. Ne pas regarder vers le bas, se concentrer sur la paroi. Elle tapa ses mains l'une contre l'autre. Elle était prête pour la descente.

— On y va.

Arbas semblait sur le point de vomir les myrtilles avalées avant leur départ. Elle dut le tirer vers le bord de la falaise pour le décider.

— Ça va aller, je vais t'aider. Concentre-toi sur les prises, d'accord?

Un pied, une main. Ils se retrouvèrent accrochés à la paroi telles deux araignées. Dans ses montagnes natales, Grenouille avait connu des falaises bien plus abruptes. Cependant, celle-ci était d'une hauteur exceptionnelle, sans replats pour se reposer. La jeune fille ne tarda pas à sentir les muscles de son corps protester.

Elle avait passé une corde autour de sa taille et de celle d'Arbas pour qu'ils se retiennent mutuellement en cas de chute, mais le garçon progressait si maladroitement qu'il tirait dessus à chaque instant, lui sciant la peau. Lèvres blanches, sueur au front, il peinait à avancer, prenant un temps infini pour choisir ses appuis. Grenouille s'impatientait :

— Avance, si tu veux arriver avant la nuit !

— Je fais ce que je peux !

« Il a beau être terrorisé, il ne se débrouille pas trop mal », jugea la petite montagnarde. Il avait vite compris comment compenser son bras manquant à la force des cuisses. Malgré tout, il se fatiguait plus vite qu'elle.

En milieu de journée, ils trouvèrent enfin un endroit assez large pour s'y reposer. Ils partagèrent une poignée de myrtilles et quelques noisettes, les jambes pendantes. Arbas se pressait contre son amie pour résister au vertige, les yeux obstinément braqués sur ses genoux. Grenouille, elle, plongeait sans peur son regard dans le vide. L'impression de se trouver suspendu entre ciel et terre était saisissante. Elle regarda planer un rapace en rêvant d'avoir des ailes.

Leurs membres raides protestèrent quand ils reprirent la descente. Par endroits, la roche éclaboussée d'eau devenait glissante, en plus de leur geler les doigts. Les ongles d'Arbas devenaient aussi bleus que ses lèvres.

— Attention aux plaques de mousse, l'avertit Grenouille. Ne prends pas appui dessus, elles peuvent céder sous ton poids et t'entraîner.

— C'est quoi, ça? siffla le garçon en retour.

Une bête à mille pattes venait de filer sous sa main. Grenouille la chassa à l'aide d'une feuille. Elle n'en avait jamais vu de pareille dans ses montagnes. Pourvu qu'elle ne soit pas venimeuse!

— Tu n'as pas peur des petites bêtes, quand même? plaisanta-t-elle pour rassurer Arbas.

Un cri de terreur lui répondit. D'instinct, Grenouille se plaqua contre la paroi, doigts crispés dans l'attente du choc. La secousse faillit la couper en deux. Le souffle court, elle baissa les yeux vers Arbas. Le garçon avait dérapé et pendait au bout de sa corde, pâle comme un perce-neige.

— Attrape ma main. Ne regarde pas en bas! ordonna-t-elle.

Il ne réagit pas, tétanisé par la peur. Grenouille avait déjà vu des montagnards victimes du même mal, un lourd handicap dans leurs hauteurs: le vertige.

Elle grogna. L'un de ses pieds glissait déjà. Elle devait assurer sa sécurité avant de pouvoir porter secours à son ami. La corde qui soutenait ses cuisses solidement arrimée à un piton rocheux, elle tira sur celle qui la reliait à Arbas.

— Tu pourrais m'aider, au moins !

Le garçon se laissait faire comme un ballot de fourrures. Les paumes de Grenouille brûlaient, des débris végétaux s'incrustaient dans sa peau. Elle tracta Arbas jusqu'à sa hauteur avant de l'aider à se plaquer contre la paroi. Quand il fut de nouveau solidement accroché, elle examina ses mains couvertes d'ampoules. Et dire qu'il restait encore un bon quart de descente !

— Au moins, on sait que les cordes sont solides, maintenant, plaisanta-t-elle.

Arbas lui adressa un sourire qui ressemblait davantage à une grimace. Ses phalanges étaient blanches tant il serrait fort sa prise.

— Le truc, conseilla Grenouille, c'est de ne jamais regarder en bas. Allez, place ton pied sur la pierre, là…

Le garçon secoua la tête.

— Tu ne vas pas rester là toute ta vie ! s'écria Grenouille.

Elle se reprocha aussitôt son geste d'humeur. Houspiller une personne déjà effrayée ne donnait jamais de bons résultats, elle le savait. Hélas, la patience ne comptait pas au rang de ses qualités premières! Elle dut parlementer un bon moment avant qu'Arbas, encore tremblant, se décide à reprendre la descente. Ses gestes étaient gauches et mal assurés; il glissa plusieurs fois, tirant sur la taille de Grenouille. Après une nouvelle secousse particulièrement douloureuse, elle s'écria, exaspérée:

— Concentre-toi ou je te descends au bout de la corde comme un paquet!

Arbas lui lança un regard plein de détresse et de rancœur. Grenouille appuya son front contre la paroi. Avec la fatigue, elle se maîtrisait de moins en moins. Elle ferma les yeux un instant pour invoquer le souvenir de Grand-Aigle. Son grand-père n'avait jamais perdu patience, lui, quand il lui enseignait comment escalader une falaise, descendre un éboulis, et même nager. Pourtant, elle ne s'était pas montrée beaucoup plus douée qu'Arbas, ces fois-là!

— Désolée, s'excusa-t-elle auprès de son ami. Je ne voulais pas dire ça.

Le garçon pinça les lèvres et poursuivit ses efforts sans un mot. Surprise, Grenouille se dépêcha de le suivre. La colère semblait lui donner des ailes. La jeune fille éprouvait encore des remords de l'avoir bousculé, mais au moins, cela semblait avoir été efficace !

— Tu te débrouilles comme un chef ! lança-t-elle, ravie, au bout d'un moment.

Elle eut le temps d'apercevoir un sourire furtif avant que le garçon baisse la tête, concentré sur ses prises. Le cœur allégé, Grenouille reprit sa progression. La fatigue pesait moins lourd sur ses épaules à présent qu'elle s'inquiétait moins pour son ami. La dernière portion de paroi fut ainsi avalée en un clin d'œil.

Enfin, ils purent se laisser tomber dans les fougères qui tapissaient le pied de la falaise. Les jambes tremblantes, ils glissèrent au sol, incapables d'effectuer un pas de plus. La jeune fille contempla ses paumes lacérées avec une grimace. Elle allait devoir chercher des plantes pour se soigner ; pourvu qu'elle en trouve ici ! Arbas ne valait pas mieux. Des meurtrissures marquaient ses jambes, là où il s'était cogné. Les deux amis étaient sales, esquintés, sans leur matériel, mais au moins, ils étaient vivants.

— On a réussi, articula Grenouille, le menton posé sur ses genoux. On a dépassé le bout du monde.

Sans un mot, Arbas posa sa main valide dans la sienne. Oui, ils avaient réussi. Ensemble.

Chapitre 6

Le monde d'en bas

Quand les ombres commencèrent à s'allonger, Grenouille sortit de sa torpeur. Ses paumes la lançaient et son estomac lui rappelait à grands bruits qu'elle n'avait avalé que des baies depuis le matin. Elle se leva, déstabilisant Arbas appuyé contre elle.

— Où tu vas ?

— Chercher à boire, à manger, me laver les mains, voir la cascade.

— Tu n'arrêtes jamais ? gémit le garçon.

— On s'est assez reposés, non ? Et puis j'ai faim !

— Attends !

— Quoi ?

Arbas s'adossa maladroitement à la paroi. Son regard fouilla l'obscurité qui tombait de la falaise.

— On n'a pas d'armes, rappela-t-il. C'est dangereux.

— D'accord, mais rester ici n'arrangera pas la situation. Mieux vaut aller voir au pied de la cascade si par hasard on peut récupérer quelque chose.

— Non ! L'eau attire les prédateurs, surtout à la tombée de la nuit.

Grenouille haussa les épaules, maussade. Arbas avait raison. Mais que pouvaient-ils y faire ? Pour être sincère, elle s'était imaginé l'en-bas différemment. Un avant-goût du pays merveilleux, peut-être, des fruits en abondance, du gibier peu farouche... Mais pour l'instant, le paysage ressemblait beaucoup à celui qu'ils avaient quitté, en haut. Les grandes fougères ne leur procureraient ni abri sûr, ni nourriture. Un vieux réflexe lui revint.

— Il faut trouver un arbre.

— Tu en vois quelque part ?

— Non. Peut-être du côté de la cascade...

Arbas esquissa un faible sourire.

— Toi, quand tu as une idée en tête...

La jeune fille éclata de rire. Une réaction incontrôlable née de la tension, de la fatigue et du soulagement. Puis elle prit la main de son ami, plus abîmée encore que la sienne, et la serra fort. Quand elle s'imaginait cette interminable descente sans lui, ce monde inconnu à découvrir toute seule, elle était si soulagée de sa présence qu'elle se sentait légère comme une plume.

— Merci d'être là.

Il grommela quelque chose en réponse, mais ne lâcha pas sa main, comme si ce lien avait le pouvoir de les protéger de tous les dangers.

Longeant le pied de la falaise, ils parvinrent sur le bord de la vaste cuvette où se déversait la rivière. Le soleil couchant éclaboussait les gouttelettes en suspension de rouge, de rose et d'orangé. On aurait dit que l'eau avait pris feu. Grenouille en resta muette de stupéfaction. Elle n'avait encore jamais contemplé de spectacle aussi beau. Arbas tira sur son bras pour attirer son attention. Le bruit assourdissant de la cascade couvrait ses paroles. Aussi, il pointa le doigt pour se faire comprendre. La jeune fille se tourna dans la direction indiquée, une main en visière pour se protéger des derniers éclats du jour.

— Le tronc !

Leur embarcation gisait retournée de l'autre côté du bassin, à demi immergée, en apparence intacte. Deux sacs de cuir flottaient à ses côtés. Folle de joie, Grenouille battit des mains. Ils pourraient sauver au moins un peu du matériel de l'aventure.

— Reste ici, ordonna la jeune fille à Arbas, je vais le chercher.

Son ami la retint par l'épaule au moment où elle allait se jeter à l'eau. Gesticulant, il lui montra les remous de la cascade, puis l'aval de la rivière, qui ressortait en bouillonnant de la cuvette. Grenouille se mordilla la lèvre, frustrée. De l'autre côté, ils avaient tout le matériel nécessaire pour chasser, se chauffer, naviguer. Après la fatigue de la descente, elle aurait bien voulu en profiter tout de suite. Mais le rugissement de la cascade donnait raison à son compagnon. La prudence commandait de tenter la traversée à un endroit moins risqué.

— Bon, d'accord, grogna-t-elle à contrecœur.

Elle se pencha néanmoins pour laver ses mains sales et ensanglantées. La fraîcheur de l'eau la surprit d'abord, puis devint rapidement agréable. Elle ne résista pas à l'envie de s'y plonger tout entière.

— Viens! cria-t-elle joyeusement à Arbas.

Le garçon accepta à peine de tremper ses orteils au bord. L'envie démangeait Grenouille de l'éclabousser pour l'inciter à profiter de la délicieuse caresse de l'eau, mais elle se retint. Arbas allait à son rythme et rien ne l'en ferait changer. Lui aussi pouvait se montrer très têtu! En revenant sur la rive, la jeune fille repéra un bouquet de plantes aux feuilles en fer de lance. Comme elles n'étaient pas tout à fait semblables à celles qu'on trouvait dans la montagne, elle s'abstint de les mâcher. Cependant, elle en mouilla une qu'elle appliqua sur ses paumes abîmées. Le végétal humide calmerait au moins ses brûlures. Une fois certaine que la plante n'entraînait pas de réaction indésirable, elle en donna à Arbas, qui l'imita sans hésiter. Cette marque de confiance lui fit chaud au cœur. Plus loin, un bosquet de myrtilles leur offrit un dîner frugal. Ils mangèrent sans cesser de marcher, pressés d'atteindre un endroit où ils pourraient traverser la rivière sans danger. Hélas, au crépuscule, ils durent se rendre à l'évidence : la rivière s'élargissait au contraire de plus en plus.

— Il faut faire demi-tour, décréta Grenouille.

— Pas maintenant, c'est trop dangereux.

— Mais nous avons besoin de nos affaires !

— Non, là, tout de suite, nous avons besoin d'un arbre.

Cette fois, la voix de la raison l'emporta. Ils choisirent un chêne imposant, assez loin de la berge pour ne pas attirer l'attention des prédateurs, et assez proche pour leur permettre de retrouver facilement leur chemin. La rivière restait leur fil conducteur : sans elle, ils seraient perdus. Arbas aida Grenouille à tresser leur berceau pour la nuit. La jeune fille retrouva avec émotion les gestes de ses premières nuits en forêt.

— C'est la première fois que nous allons dormir dans un arbre ensemble, dit-elle.

Jusqu'alors, les dangers plus limités en journée et la volonté de ne pas s'éloigner de la rivière leur avaient fait trouver refuge au sol. Ils évitaient ainsi les mauvaises chutes et une fastidieuse installation. À la nuit tombée et sans armes, ils n'avaient d'autre choix que de se réfugier en hauteur. Le garçon sourit en consolidant le tressage. Même d'une seule main, il était plus habile à l'exercice que Grenouille, mais elle n'en prit pas ombrage. Leurs talents se complétaient, et puisqu'ils étaient destinés à demeurer ensemble, c'était une bonne chose. Le berceau terminé, ils s'y blottirent l'un contre l'autre, dos contre ventre. Le bras valide d'Arbas entoura la taille de Grenouille en une solide étreinte. Dans le demi-sommeil qui la gagnait, cette position lui rappela la façon dont son grand-père la retenait, quand il ne voulait pas qu'elle s'éloigne sans lui dans la montagne. Elle adressa un remerciement silencieux à Grand-Aigle, qui lui avait envoyé quelqu'un d'autre pour veiller sur elle. Malgré son infirmité, elle n'aurait échangé Arbas contre aucun autre garçon.

Le lendemain matin, Grenouille se réveilla avec le soleil. S'arrachant à l'étreinte tiède de son ami, elle glissa au bas du chêne, puis entreprit d'examiner les lieux à la lumière du jour. Ses épaules et ses cuisses courbaturées protestèrent violemment quand elle atterrit au sol. La jeune fille chercha des yeux un buisson de baies ou quelques champignons, mais rien de comestible ne semblait pousser aux alentours. Frottant son ventre vide, elle revint vers la rivière. De nombreuses empreintes marquaient la berge boueuse. Grenouille s'accroupit pour mieux les examiner : des bêtes à sabots, des oiseaux et ce qui ressemblait à la patte d'un chat géant. La jeune fille posa sa main en étoile dans la marque : elle ne parvint même pas à la recouvrir. Une soudaine angoisse lui serra la gorge. Elle préférait ne pas imaginer la taille du chat, ni le genre de mulots dont il se nourrissait. Heureusement qu'ils s'étaient réfugiés dans le chêne. Mais… les chats savent grimper aux arbres ! Vite, il fallait qu'ils récupèrent leur embarcation. Seule l'eau leur assurait une totale sécurité. Grenouille plongea ses mains dans le courant puis les observa : elles étaient couvertes d'ampoules et de grosses croûtes rouges. Décidément, elle manquait d'entraînement pour l'escalade. La seule idée de tenir un harpon pour attraper du poisson lui faisait mal. Sur le chemin du retour, elle croisa un pommier tout tordu qui se dressait à quelques pas de la rive. Les fruits encore un peu verts lui laissèrent un goût acide en bouche, mais au moins, ils lui calèrent l'estomac. Elle releva un coin de sa tunique pour y placer d'autres pommes, pour Arbas.

Parvenue sous le chêne, une idée subite lui traversa l'esprit. Ils avaient conservé leurs cordes d'escalade. Or, à l'endroit où le saule plongeait ses racines dans l'eau, le cours de la rivière se rétrécissait un peu. Grenouille posa ses fruits avant d'aller fouiller dans le tas de lianes qu'ils avaient abandonnées au pied de l'arbre. La plus longue était presque aussi grande que le chêne. À présent, il ne s'agissait plus que d'une question d'adresse. La corde serrée contre elle, la jeune fille revint en courant vers la rivière.

Elle noua l'une des extrémités de la corde autour d'une grosse pierre ronde, puis la fit tournoyer au-dessus de sa tête.

— Regarde, grand-père, lança-t-elle fièrement.

La chasse à la fronde était la première technique que Grand-Aigle lui avait apprise. L'avantage, ici, était qu'elle disposait d'une cible fixe : un bouleau de bonne taille, dressé à une courte distance de la berge. Grenouille lâcha la corde. Celle-ci fila à la suite de la pierre, droit vers sa cible. La jeune fille refermait déjà le point en un geste de victoire quand le projectile heurta le tronc avec un claquement sec. Elle grimaça, déçue. Toucher la cible ne suffisait pas : il fallait encore que la corde se coince assez solidement dans les branches pour lui permettre de s'y accrocher. Elle tira sur la corde pour ramener la pierre à elle. Il n'y avait plus qu'à recommencer. Au onzième essai raté, elle se mit à trépigner sur place tout en jurant.

— Qu'est-ce qu'il y a ? demanda une voix encore ensommeillée.

Grenouille se figea, sa corde à la main. Elle avait complètement oublié Arbas ! Le rouge de la honte lui monta aux joues. Elle enroula lentement la corde sur elle-même, le regard fixé sur son objectif.

— J'essaie d'enrouler ma corde autour de ce bouleau, répondit-elle sans regarder son ami.

— C'est trop loin !

Grenouille redressa le menton. Trop loin ? Il ne savait pas à qui il avait affaire ! Elle fléchit les jambes, bras souple, tête haute, comme si Grand-Aigle se trouvait encore derrière elle pour guider son geste. La pierre tournoya au-dessus de sa tête, de plus en plus vite, jusqu'à ce que sa main se détende comme un serpent. Hasard ou volonté forcenée de réussir, cette fois-ci, la corde s'enroula solidement autour d'une branche. Grenouille sauta de joie.

— Tu vois ! triompha-t-elle.

— Je vois, acquiesça Arbas en croquant dans une pomme verte. Impressionnant.

Grenouille se sentit très fière, plus encore que la fois où elle avait tué son premier lapin et où Grand-Aigle l'avait félicitée.

— Et maintenant, qu'est-ce que tu vas faire ?

— Maintenant, dit Grenouille, joignant le geste à la parole, j'arrime l'autre bout de la corde ici, à cette grosse racine. Comme ça, nous n'aurons plus qu'à traverser en nous tenant pour éviter d'être emportés par le courant.

— Euh…

Le regard d'Arbas suivit la corde jusqu'à l'autre rive. Son épaule, du côté de son bras atrophié, se contracta nerveusement.

— Tu es sûre ?

— Tu peux m'attendre ici, si tu préfères.

Le regard du garçon s'arrêta sur les traces du grand félin, bien visibles sur le sol meuble. Les sourcils d'Arbas s'incurvèrent de façon comique.

— Seul et sans arme ? Je préfère la rivière.

— Je t'aiderai, promit Grenouille. Viens, on va commencer par ramasser de grandes feuilles pour nous protéger les mains.

Ils s'éloignèrent de quelques pas de la rive. Une odeur musquée s'attardait dans l'air matinal. Celle du félin, sans doute, qui avait ainsi marqué son territoire. Un frisson désagréable courut le long du dos de la jeune fille. Elle se sentirait plus tranquille quand ils auraient traversé. Ils cueillirent de larges feuilles vernissées pour protéger leurs paumes encore douloureuses. Avant de traverser, Grenouille récupéra deux autres cordes. Elle attacha l'une des extrémités à leur taille et de l'autre, forma une grande boucle qu'elle fixa à la plus grande corde.

— Comme cela, dit-elle à Arbas, même si tu lâches, tu ne risques rien.

Le garçon ne semblait pas entièrement convaincu. Grenouille lui montra la voie en entrant dans l'eau. Elle s'agenouilla pour saisir la corde, basse à cet endroit. Malgré les feuilles, le premier contact lui fit mal. La corde se tendit sous son poids, oscilla de droite à gauche. Arbas se crispa. Un pied sur la rive, l'autre dans l'eau, il luttait contre la peur.

— Tiens-toi à moi, si tu préfères, dit son amie.

Lentement, le garçon se laissa glisser à côté d'elle. Il tremblait de tous ses membres. L'espace d'un instant, Grenouille éprouva une pointe de mépris pour cette marque de faiblesse. Puis elle se rappela que ceux de sa tribu auraient réagi exactement comme elle venait de le faire. Les montagnards méprisaient la faiblesse. Or elle ne voulait pas être comme eux, jamais! Son amitié pour Arbas était infiniment plus précieuse que ça.

— On y va, murmura-t-elle d'un ton qui se voulait rassurant.

Elle avait sous-estimé la force du courant. Immergée jusqu'à la taille, la rivière l'enlaça et tenta de l'entraîner avec elle vers l'aval. Elle se cramponna à la corde, même quand une première ampoule éclata avec un pic de douleur. Ce fut pire encore lorsqu'elle perdit pied. Le poids d'Arbas ajoutait à la tension. Elle avait l'impression que ses épaules allaient se déboîter. Le bras du garçon lui comprimait l'estomac, lui coupant le souffle. Une main après l'autre, sans s'affoler, elle progressa en direction de la berge opposée. Parvenue à une longueur d'homme de celle-ci, elle se rendit compte d'une nouvelle difficulté: la corde remontait trop haut. Impossible de continuer à la tenir. Même les cordes d'assurage, tendues au maximum, leur sciaient les hanches. Ou ils faisaient demi-tour, ou ils s'en débarrassaient.

— Je vais nous détacher, annonça-t-elle en portant la main au nœud autour de sa taille.

— Non !

— Mais si. On est tout près de la rive, à présent, il y a moins de courant.

— On n'a toujours pas pied !

La terreur enflait dans la voix d'Arbas. Ses jambes s'enroulèrent autour de celles de Grenouille. La jeune fille hésita. Nager avec un poids pareil serait difficile. Mais elle n'avait pas envie de tout reprendre depuis le début juste pour gagner les quelques pouces de corde qui leur manquaient. Dix brasses seulement la séparaient de la berge. Elle tira son couteau de sa ceinture. Les cordes plus minces qui les ceinturaient, Arbas et elle, cédèrent facilement sous le tranchant du silex ; le courant les emporta aussitôt.

Avec un cri de terreur, le garçon s'enroula autour de son amie, les faisant couler à pic. Grenouille ne tenta pas de lutter. Se rappelant son expérience d'avant les chutes, elle tendit les mains devant elle, puis s'appuya sur le courant plus faible sous la surface pour avancer. Arbas paralysant le bas de son corps, elle ne pouvait compter que sur la force de ses bras. D'instinct, elle les plia comme les pattes de l'animal dont elle portait le nom. Ses doigts palmés trouvèrent appui dans les flots. Bientôt, elle trouva le bon rythme et prit de la vitesse. «Encore plus vite», s'encouragea-t-elle silencieusement. Elle avait l'habitude de retenir sa respiration, mais ce n'était pas le cas d'Arbas. Elle devait le sortir de l'eau au plus vite.

Ses doigts rencontrèrent soudain une surface glaiseuse. Elle posa ses pieds à plat sur le fond et d'une dernière poussée, les propulsa vers l'avant. Sa tête creva la surface. Aussitôt, sa bouche s'ouvrit en grand. La douleur de la première inspiration la fit tousser. Sa tête tournait et elle avait très envie de vomir. Un brusque remous faillit la ramener dans le lit de la rivière. Arbas s'accrochait toujours à elle comme une tige de lierre à un tronc.

— C'est bon, lui lança-t-elle, haletante. On y est arrivés.

Le garçon consentit enfin à la lâcher. Il barbota pour regagner la terre ferme et de là, lui lança un regard noir.

— On a failli se noyer!

— Tu exagères. Je savais qu'on pouvait atteindre la rive.

Elle faillit lui reprocher la façon dont il l'avait entravée, mais se retint au dernier moment. Après tout, il avait fait l'effort de surmonter sa peur pour la suivre. Et il était arrivé presque jusqu'au bout. Arbas écarta ses cheveux trempés du dos de la main.

— J'aurais préféré garder la tête hors de l'eau, bougonna-t-il.

— Si tu avais appris à nager…, commença la jeune fille.

Le garçon regarda la rivière de la même façon qu'il aurait contemplé un serpent venimeux.

— Je préfère apprendre à construire d'autres troncs flottants. Plus gros, plus grands, plus stables. Ou un pont.

— Un pont ?

— Un chemin de bois pour traverser la rivière. Tu n'en as jamais vu ?

Grenouille secoua la tête. Parfois, les montagnards construisaient un chemin de corde pour franchir un ravin, mais en bois, jamais.

— C'est facile…, commença le garçon avant de se lancer dans des explications détaillées.

La jeune fille sourit. Il avait raison : un pont était bien plus sûr qu'une traversée à la corde ! Un jour, quand ils seraient arrivés au pays merveilleux, les talents de son ami pourraient s'épanouir.

— Pour l'instant, allons récupérer notre tronc, proposa-t-elle en se relevant.

— D'accord. Dis, tu as gardé des cordes? Ça pourrait être pratique pour s'attacher dessus... enfin, si tu ne les coupes pas.

Le soleil encore chaud les sécha rapidement tandis qu'ils longeaient la rivière. Grenouille pensait pourtant aux ballots de fourrures préparés pour l'hiver. S'ils les perdaient durant la saison froide, ils ne s'en sortiraient pas aussi bien. Atteindraient-ils le pays merveilleux avant les premières neiges? Ou cette rivière trompeuse n'avait-elle pas de fin?

***

Le tronc reposait toujours au même endroit, profondément enfoncé dans la boue. Grenouille et Arbas commencèrent par s'occuper des sacs contenant leurs affaires. Tout était trempé, les provisions perdues, mais les peaux et les outils seraient récupérables, après avoir séché. Ils les étendirent au soleil avant de s'attaquer à l'embarcation.

— Tu tires, je pousse, dit Grenouille en entrant dans l'eau.

Hélas, le tronc s'avéra impossible à extraire de la boue. Le côté flottant n'offrait aucun point d'appui à la jeune fille, qui finit par regagner la berge, hors d'haleine et des larmes de frustration dans les yeux.

— Il faut utiliser des outils, décréta Arbas.

— Quoi ?

— Des cordes et des bâtons.

Sceptique, Grenouille l'aida pourtant à arrimer les cordes qu'il leur restait aux moignons de branches. Ils tirèrent ensuite de toutes leurs forces, jusqu'à ce qu'Arbas parvienne à glisser des bâtons dessous. Petit à petit, la traction se fit plus aisée. Grenouille faillit lâcher sa corde pour lever les bras en signe de victoire quand, enfin, le tronc reposa entièrement sur la rive.

— Excellente idée, félicita-t-elle son ami.

Celui-ci hocha la tête, essoufflé, mais l'air content de lui. Une fois qu'il eut repris des forces, il passa un temps infini à observer leur embarcation sous tous les angles, pour s'assurer qu'elle n'était pas endommagée. Pendant ce temps, Grenouille paressait au soleil pour faire sécher ses vêtements après son nouveau bain forcé.

— Je pense que ça devrait aller, déclara finalement Arbas.

La jeune fille se redressa, et tâta les affaires étalées près d'elle.

— Il faut faire du feu, décida-t-elle. Les fourrures ne sécheront jamais toutes seules.

— Tu ne veux pas repartir tout de suite? s'étonna Arbas.

Grenouille éclata de rire en lui faisant remarquer:

— D'habitude, c'est toi qui insistes pour rester.

— C'est vrai. J'avais hâte de voir comment se comporte le tronc tant qu'il fait encore jour. Mais tu as raison, ça peut attendre.

Il leur fallut s'éloigner beaucoup de la cuvette pour trouver des branches mortes pas trop humides. Arbas en profita pour renouveler ses bâtons de navigation, gaffes et pagaies. Pendant ce temps, Grenouille mit la main sur des bouts de bois convenables pour faire du feu et fit une provision de mousse sèche suffisante pour enflammer toute la forêt. Elle tomba aussi sur des myrtilles qui leur remplirent l'estomac et leur remontèrent le moral. Enfin, elle fit une nouvelle démonstration de ses talents à la fronde en abattant deux lapins. La perspective de manger enfin chaud la faisait saliver.

Hélas, allumer le feu se révéla plus difficile que prévu. Elle avait pourtant disposé l'écorce, la mousse et le bâton comme sa mère le lui avait montré, mais seules ses mains s'échauffaient sous l'effort. Les larmes aux yeux, elle frotta le morceau de bois de plus en plus vite. Elle n'osait pas regarder en direction d'Arbas. Soudain, une main brune enveloppée de feuilles posa à côté de son foyer improvisé une touffe de lichen, si sec qu'il craquait sous les doigts, et de l'écorce tendre.

— Tiens, déclara Arbas. Ce sera plus facile avec ça.

— Tu veux le faire ?

— Je suis sûr que tu peux y arriver.

Sans un mot, Grenouille s'empara des matériaux. Les paumes protégées par un pan de vêtement, elle reprit ses efforts. Enfin, une minuscule étincelle s'alluma sur le lichen. La jeune fille souffla dessus tout doucement pour ne pas l'étouffer. Le point rouge grandit, devint flammèche, flamme, brasier. Un frisson délicieux hérissa la peau de Grenouille. Comme il était bon de se chauffer de nouveau !

— Tu vois, dit Arbas en souriant.

Elle lui était reconnaissante de lui avoir permis de réussir par elle-même. Grand-Aigle aurait agi exactement pareil. Si seulement elle pouvait apprendre à son ami à nager ou à grimper en retour ! Mais jusqu'à présent, les circonstances n'avaient guère été favorables.

Les deux enfants disposèrent ensuite les affaires mouillées tout autour du feu pour qu'elles sèchent.

Puis ils dépecèrent les lapins, qu'ils garnirent de diverses racines et herbes sauvages avant de les rôtir. Grenouille se força à manger lentement pour mieux en profiter. Quand elle s'allongea enfin près du feu, l'estomac plein, elle se sentait d'excellente humeur et bien plus optimiste qu'après leur traversée de la rivière.

— Je prends le premier tour de garde, annonça Arbas.

— Des tours de garde? Avec le feu, on ne risque rien.

— Rien des animaux, peut-être. Mais il peut y avoir des hommes.

Grenouille se pelotonna sur l'herbe sèche sans répondre, son visage offert à la chaleur des flammes. La question des hommes demeurait un point de discorde entre eux. Arbas souhaitait toujours les éviter, tandis qu'elle aspirait à aller vers eux. Mais elle s'en préoccuperait un autre jour. Elle conservait l'espoir, au fond de son cœur, qu'en arrivant au pays merveilleux, toutes leurs difficultés disparaîtraient. Fermant les yeux, elle se laissa glisser dans le sommeil. Le lendemain, une nouvelle partie du voyage commencerait.

Chapitre 7

Les gens de l'eau

Grenouille somnolait, allongée sur le tronc. À l'avant, Arbas maniait la pagaie avec une dextérité impressionnante. La rivière n'avait plus rien du simple torrent de montagne. Large et profonde, elle roulait des eaux au calme trompeur. La vitesse du courant témoignait des forces à l'œuvre sous la surface. Le garçon s'était d'ailleurs assuré avec une corde attachée au tronc, dans le cas où ils auraient chaviré. Mais en trois jours de navigation, ils n'avaient croisé personne, pas même le gros chat dont ils trouvaient pourtant des empreintes à intervalles réguliers, sur la rive.

L'embarcation s'arrêta soudain, si brusquement que Grenouille faillit tomber à l'eau. Elle se retint à l'une des cordes qui arrimaient leurs bagages et ouvrit la bouche pour protester.

— Chut! lui souffla Arbas.

Il avait enfoncé une longue perche dans la berge pour cacher leur tronc derrière la branche basse d'un arbre. En revanche, ils pouvaient très bien distinguer ce qui arrivait sur la rivière. Grenouille écarquilla les yeux. Une embarcation s'avançait à leur rencontre. Mais elle n'était pas grossière comme la leur. L'arbre d'origine avait été débité en tranches, assemblées les unes aux autres en forme de demi-noix. Le résultat paraissait léger et maniable, assez grand pour accueillir six adultes. L'excitation se répandit comme une langue de feu au creux du ventre de Grenouille. Elle se mit debout, écarta les branches et agita le bras en direction des nouveaux venus.

— Qu'est-ce que tu fiches? s'affola Arbas.

Elle l'ignora. Des humains capables de construire une telle embarcation devaient sûrement venir du pays merveilleux. Ils sauraient les guider, les aider. Une jeune femme aux cheveux tressés d'une multitude de petites nattes ornées de coquillages les montra du doigt. Les étrangers virèrent dans leur direction. En quelques coups de pagaie, les deux embarcations se retrouvèrent bord à bord. Arbas se tassa, son bras atrophié replié contre son torse comme s'il voulait le dissimuler. Grenouille éprouva une pointe de remords. Une fois de plus, elle avait agi sans lui demander son avis. Mais c'était pour son bien, s'efforça-t-elle de se justifier.

Elle écarta largement la main à l'intention des arrivants. Un geste de salut, mais aussi et surtout, le moyen d'annoncer sa différence. Le cœur battant, elle guetta la réaction des étrangers. Ceux-ci lui rendirent son salut, sans marquer de réaction particulière face à ses étranges membranes. La jeune femme leur adressa quelques mots dans une langue inconnue. Grenouille secoua la tête.

— Je ne comprends pas.

Elle posa une main sur sa poitrine.

— Grenouille.

Puis une main sur l'épaule de son ami.

— Arbas.

Un grand sourire éclaira le visage de la jeune femme. Grenouille vacilla, déstabilisée. Les montagnards souriaient peu en dehors des salutations rituelles. Seuls les enfants et les vieillards riaient librement. Elle n'avait pas l'habitude de ce genre d'expression sur un visage adulte. Mais ça lui plaisait.

— Tulia, fit la jeune femme dans sa langue fluide comme l'eau. Grenouille eut l'impression que sa propre voix était bien rocailleuse, en comparaison, tandis qu'elle répétait :

— Tuli-a.

La jeune femme éclata de rire, puis d'un geste, leur indiqua de les suivre. Arbas pinça les lèvres et secoua la tête en signe de refus.

— Pourquoi tu ne veux pas aller avec eux ? protesta son amie.

— C'est peut-être un piège.

— Un piège, pourquoi ? S'ils nous voulaient du mal, ils nous auraient déjà attaqués.

Le garçon se buta de plus belle tandis que la femme aux cheveux tressés discourait dans sa langue avec ses compagnons. L'un d'eux fit un grand geste pour suggérer qu'ils abandonnent les enfants à leur sort.

— Bon, tu fais ce que tu veux, finit par déclarer Grenouille. Reste seul sur ton tronc si ça t'amuse, moi je les suis !

D'un seul élan, elle sauta en direction de l'embarcation des étrangers. Ses doigts de pied atteignirent à peine le rebord et l'un des hommes l'attrapa de justesse par le bras. Il ne se priva pas, au passage, d'examiner ses doigts palmés. Quant à ce qu'il raconta à ses camarades, Grenouille ne le comprit pas. La femme aux cheveux tressés posa une main rassurante sur son épaule avant de lui désigner Arbas, toujours blotti contre la berge comme s'il avait peur qu'on l'attaque. Grenouille haussa les épaules.

Après un temps d'hésitation, la jeune femme ordonna d'effectuer un demi-tour. Néanmoins, elle vérifia à plusieurs reprises la position de l'embarcation par-dessus son épaule. Grenouille ne put s'empêcher de l'imiter. Elle n'avait pas l'intention d'abandonner son ami. En réalité, elle espérait secrètement qu'il céderait en la voyant s'éloigner, comme il l'avait fait pour la grande cascade. C'était un peu lui forcer la main, mais une fois qu'il aurait surmonté sa réticence, les choses s'arrangeraient. Elle sourit en voyant le tronc se faufiler discrètement dans leur sillage : le bluff fonctionnait !

— Bravo, murmura-t-elle pour son ami. Tu verras, tu ne le regretteras pas.

La jeune femme aux cheveux tressés lui rendit son sourire. Son attitude inspirait la sympathie. Grenouille baissa les yeux vers le cours de la rivière, comme si elle avait pu distinguer Grand-Aigle dans le courant. Touchaient-ils au but ? Son grand-père avait-il provoqué cette nouvelle rencontre ? Elle le saurait bientôt.

L'une suivant l'autre, les deux embarcations allèrent s'amarrer à des pieux plantés dans le lit de la rivière, le long d'une jetée constituée de gros blocs de pierre. Fascinée par les habitations en bois, Grenouille fut une des premières à quitter la barque. Dès qu'elle eut posé le pied à terre, elle se retrouva entourée d'une nuée d'enfants, vêtus d'un simple pagne. Les plus jeunes n'hésitèrent pas à toucher ses bras, ses jambes, sa tunique, comme pour s'assurer qu'elle n'était pas un esprit. Elle leur sourit, déclenchant une cascade de rires en réponse. L'accueil était charmant… mais elle pensa aussitôt à Arbas. Se retournant, elle vit qu'il avait conduit le tronc à l'extrémité de la jetée. Sa gaffe plantée entre deux cailloux, il hésitait visiblement à se lancer ou à prendre la fuite. Elle courut vers lui et lui tendit la main.

— Allez, saute, suis-moi !

Arbas lui retourna un regard plein de méfiance et de rancune. Elle posa une main sur son épaule.

— Ils sont gentils, je te jure.

— Je ne veux pas qu'ils me touchent !

Grenouille se mordilla la lèvre, indécise. Chez les montagnards, on ne touchait jamais quelqu'un sans lui demander son autorisation. Ici, l'impolitesse était-elle le contraire ? Elle conduisait déjà Arbas au village malgré lui. Elle ne pouvait pas le forcer à surmonter sa répulsion pour les contacts.

— Je les en empêcherai, lui promit-elle.

Ils amarrèrent le tronc à un pieu, puis se dirigèrent vers le village, le garçon se cachait derrière son amie. Elle sentait l'effort surhumain qu'il devait produire pour ne pas rebrousser chemin. Arrivés au bout de la jetée, les enfants voulurent aussitôt se précipiter sur eux, mais elle les repoussa de ses bras écartés. Des murmures de surprise, puis de mécontentement, parcoururent aussitôt les rangs. Une main tira rudement sur sa tunique.

— Allons-nous en, murmura Arbas.

La jeune femme aux cheveux tressés intervint alors pour disperser les enfants. Ils se retirèrent de plus ou moins bonne grâce. Quel flot de paroles ! Après avoir passé autant de temps en la seule compagnie d'Arbas, pas très bavard de nature, entendre autant de voix humaines à la fois déroutait la jeune fille. Tulia leur indiqua de la suivre. Grenouille obéit. Sa main gauche serrait celle de son ami à la broyer, autant pour le rassurer que pour l'empêcher de fuir.

— Tu as vu, les habitations ? lui chuchota-t-elle à l'oreille pour détourner son attention.

Dans les montagnes, les hommes vivaient dans des huttes de pierre l'hiver, sous des tentes de peau l'été. Jamais ils n'avaient débité d'arbres pour bâtir un abri.

— C'était pareil, chez toi?

— Non, répondit le garçon d'une voix basse, dans laquelle traînait une pointe d'excitation. Ils sont doués pour le travail du bois. Je me demande quel genre d'outils ils utilisent...

Grenouille sourit: si son ami commençait à s'intéresser à l'artisanat, la partie était déjà à moitié gagnée! Ils marchèrent ainsi jusqu'à la maison du centre du village, dans laquelle Tulia leur fit signe de pénétrer. Bien plus haute de plafond qu'un abri de pierre, elle sentait la fumée, une odeur que la jeune fille associait depuis toujours à la sécurité. Des peaux d'animaux couvraient le sol, mais le seul occupant de la pièce se tenait assis sur un assemblage de bois face à eux. Il tenait à la main une tige de roseau évidée encore fumante. D'une voix éraillée, il salua les enfants. Grenouille sentit Arbas tressaillir. Mais ce n'est qu'au cinquième mot qu'elle saisit un bonjour articulé dans un montagnard maladroit.

— Bonjour! répondit-elle aussitôt.

Les visages s'éclairèrent autour d'eux. Le vieillard mâcha sa tige avant de reprendre, épelant chaque mot avec soin:

— Toi venir montagne?

— Vous connaissez la montagne ? s'étonna Grenouille.

Son interlocuteur lui offrit un sourire édenté.

— Siel, beaucoup voyagé. Vu beaucoup peuples.

— Je n'ai jamais entendu parler des gens de l'eau.

— Montagne, monde clos. Pas curieux. Pas... bien pour nous échanger. Loin, difficile.

— Vous avez gravi la grande falaise ?

Le vieil homme tira sur sa tige de roseau.

— Quand moi jeune. Fort, courageux. Longtemps. Comment t'appeler toi ?

— Grenouille. Et lui, c'est Arbas, ajouta-t-elle en poussant en avant son compagnon réticent, dont le visage était caché par ses cheveux, comme s'il espérait se dissimuler derrière.

Il avait croisé son bras valide par-dessus l'autre dans le vain espoir de masquer son infirmité.

— Pas parler ? demanda le vieil homme.

— Il est timide, expliqua la jeune fille.

Arbas la foudroya du regard et se balança pour lui asséner un coup de coude. Elle lui pinça le bras, puis elle présenta ses doigts en éventail au vieil homme. Autant que les choses soient claires dès le début. Siel gloussa.

— Pratique avancer dans l'eau.

— Oui! s'écria Grenouille, le cœur rempli d'allégresse. Vous ne craignez pas l'eau?

— L'eau être notre mère, rétorqua son interlocuteur sur un ton offusqué.

Un délicieux frisson remonta le long des bras de la jeune fille. Pour la première fois de sa vie, elle rencontrait des gens qui appréciaient son élément favori. Elle écarta de nouveau les doigts. Grand-Aigle prétendait que les membranes étaient un avantage, dans l'eau, mais elle n'avait jamais eu tellement l'occasion de le vérifier avant ce voyage. Les autres montagnards ne nageaient pas, et son grand-père était handicapé par sa mauvaise jambe. Enfin, elle pourrait se mesurer à d'autres! Tulia adressa quelques mots au vieil homme, qui reprit.

— Quoi deux enfants faire seuls, ici?

— Nos tribus ne veulent pas de nous.

Elle montra de nouveau ses mains avec une mimique expressive, puis désigna le bras d'Arbas, qui recula en se protégeant d'un air farouche. Un murmure parcourut l'assemblée. Le vieillard hocha sa tête à moitié chauve.

— Vous venir seuls depuis montagne?

— Oui, répondit Grenouille avec une pointe de fierté devant les regards incrédules.

— Comment passer falaise?

— Avec des cordes.

L'assemblée s'agita davantage. Sans comprendre ce qui se disait, Grenouille crut saisir qu'on ne les croyait pas. Le vieil homme leva une main pour ramener le calme.

— Vous, beaucoup chance. Grands dangers. Pas continuer seuls. Peuple à moi, protéger enfants. Vous rester ici.

Grenouille se mordilla la lèvre. La rivière l'appelait. Mais la fatigue et la faim lui ordonnaient de s'arrêter, de profiter de l'hospitalité offerte. De s'en remettre, enfin, à des adultes, sans souci du lendemain. Elle se tourna vers Arbas.

— Tu veux rester?

— On a le choix? répondit le garçon, amer.

Il ne faisait visiblement pas confiance aux gens de l'eau. Grenouille s'en agaça. Pour une fois qu'on les accueillait à bras ouverts!

— Au moins pour l'hiver, négocia-t-elle.

Personne ne restait seul l'hiver dans la montagne. Les hommes s'abritaient derrière leurs murs de pierre, entassés à plusieurs pour se tenir chaud. C'était la période des récits au coin du feu, de l'artisanat, de la communauté. Elle ne parvenait pas à envisager de passer la saison froide sur la route.

— Nous ne sommes plus dans la montagne, remarqua Arbas. Je pense que l'hiver est moins rude, ici.

— Mais nous avons besoin de nous reposer. Nous repartirons au printemps si tu veux, je le jure! Ou si quelqu'un nous maltraite. S'il te plaît?

Le garçon soupira, résigné.

— D'accord. Jusqu'au printemps, pas plus. N'oublie pas ta promesse!

Grenouille entoura le cou de son ami de ses deux bras et lui planta un baiser sur la joue en signe de gratitude. Il se figea; son visage s'empourpra jusqu'à la racine des cheveux, provoquant les rires de l'assemblée.

— Merci pour votre offre généreuse, dit Grenouille au vieillard. Nous acceptons de bon cœur, au moins pour la saison froide.

— Décision sage, approuva l'homme. Bienvenue chez gens de l'eau!

Des sourires fleurirent sur les visages quand Tulia annonça la nouvelle. Grenouille pressa ses mains sur sa poitrine. Tout se passerait bien, elle en était certaine. La rivière serait encore là au printemps. Il serait toujours temps, alors, de poursuivre leur recherche du pays merveilleux.

***

— Grenouille, attends-moi !

Pour toute réponse, la jeune fille plongea. Ses mains palmées appuyèrent sur l'eau et elle glissa vers l'avant d'un mouvement fluide. Lorsque sa tête ressortit, bien plus loin, elle avait pris trois longueurs d'avance sur son poursuivant.

— Même pas drôle, bougonna Lien en lançant des éclaboussures dans sa direction.

Grenouille éclata de rire. Personne ne pouvait la battre à la nage ! Grand-Aigle avait raison : dans l'eau, les membranes lui donnaient un sacré avantage. Plonger à la recherche de coquillages, chasser au harpon les truites aux flancs irisés, rien ne lui faisait peur. Elle se hissa sur la berge pour essorer ses cheveux trempés, tressés à la mode locale. À l'approche de la nuit, le vent fraîchissait. Elle avait hâte de rentrer se sécher au coin du feu. Doigts écartés, elle contempla ses membranes. Elle leur avait enfin trouvé une véritable utilité. Parmi les plus petits du village, certains tentaient même de l'imiter en se collant des morceaux de feuilles entre les phalanges avec de la résine. Arbas, en revanche…

Elle chercha son ami des yeux. Il se trouvait à son poste d'observation habituel, une grande pierre plate surplombant la rivière. À l'aide d'une tige de roseau, il traçait des signes sur une tablette en argile posée sur ses genoux. Grenouille le regarda un instant, fascinée. Son bras invalide ne le gênait pas lorsqu'il s'agissait d'apprendre les langues ou de s'initier aux symboles utilisés par les marchands. Il parlait le dialecte des gens de l'eau sans aucune erreur et presque sans accent, alors qu'elle-même butait encore sur les mots. Le vieux Siel, qui l'avait pris sous son aile, affirmait à qui voulait l'entendre que l'enfant venu de la Grande Cascade deviendrait un grand homme. Pourtant, Arbas demeurait obstinément solitaire, repoussant toutes les marques d'attention.

Grenouille soupira en renfilant son pagne. Bientôt, elle aurait l'âge de porter la tunique des femmes, si elle demeurait parmi les gens de l'eau. Quand elle nageait avec Lien, elle s'imaginait parfois rester pour toujours. Pourquoi aller plus loin, alors qu'elle avait trouvé ce qu'elle cherchait ? L'attitude d'Arbas lui apparaissait comme un vivant reproche. Elle avait juré de trouver le pays merveilleux, oui, mais c'était avant… Grand-Aigle aurait compris, lui !

— Viens m'aider à porter le panier de moules ! cria Lien dans son dos.

— Attends, je dois parler à Arbas.

Le petit-fils de Siel grogna sa désapprobation. Il ne comprenait pas ce qu'elle trouvait à ce garçon solitaire, qui ne participait jamais à leurs jeux. Lui ne se cachait pas de vouloir devenir un jour le chef du village. Et la popularité dont il jouissait parmi ses pairs lui donnait raison. Grenouille appréciait son caractère joyeux, sa capacité à inventer de nouveaux jeux tous les jours. Néanmoins, elle ne voulait pas abandonner Arbas, avec qui elle avait traversé les jours difficiles. Il était devenu plus qu'un ami pour elle, presque un frère. Et elle n'aimait pas le mépris avec lequel Lien le traitait.

La jeune fille escalada la pierre plate pour se laisser tomber à genoux à côté du scribe.

— Attention! protesta Arbas. Tu vas mouiller l'argile.

Elle se recula un peu pour que l'eau de ses cheveux s'écoule dans son dos.

— Toujours en train de râler. Tu fais quoi?

— Une carte du fleuve. Tu vois, j'indique les villages par ce symbole pointu, là ce sont les rochers dangereux, les coins à poisson, les plages… Elle nous sera utile quand nous partirons.

Grenouille baissa la tête. Ses doigts jouaient nerveusement avec une natte. Arbas appuya si fort sur la tige de roseau que celle-ci se brisa. Il la jeta avec brusquerie.

— Tu ne veux plus partir, déclara-t-il d'un ton accusateur.

— Si, mais… Le voyage est difficile, d'après Tulia. Nous devrions attendre de grandir un peu. Lien dit qu'il nous accompagnera, quand il aura sa propre barque.

Arbas se leva si brusquement que la tablette d'argile manqua de tomber à l'eau. Il n'appréciait pas plus le petit-fils de Siel que celui-ci ne l'estimait.

— C'est pour lui que tu veux rester, c'est ça?

Des larmes ourlaient ses longs cils lorsqu'il se retourna pour ajouter, rageur:

— Ton âge ne t'a pourtant pas gênée pour traverser la forêt, ni pour descendre la cascade.

— Tulia dit qu'on a eu de la chance.

Grenouille était persuadée que son grand-père les avait protégés. Son cœur se serra. Lui en voudrait-il, si elle restait ici? Ou l'avait-il guidée vers les gens de l'eau pour qu'elle s'y trouve en sécurité?

— Tant pis pour toi, alors, je partirai seul, conclut Arbas.

Grenouille resta bouche bée. Elle n'aurait jamais cru que le garçon retournerait ses propres méthodes de chantage contre elle! Comme elle détestait ce pincement au cœur, cette sensation d'être abandonnée…

— Tu ne peux pas! C'est trop dangereux! Et puis, tu apprends aussi beaucoup de choses, ici. Tu devrais terminer ton apprentissage auprès de Siel, non? Ton savoir est précieux, argumenta-t-elle en désignant la tablette d'argile d'un doigt mouillé.

Arbas la leva devant lui en un geste défensif.

— On avait dit qu'on irait jusqu'au bout, tu t'en souviens? Nous devions partir après l'hiver. Le temps est venu, maintenant.

— Mais on ira! Peut-être pas tout de suite, mais on ira.

Arbas lui tourna le dos sans répondre. Debout sur le rocher, le vent printanier jouant dans les tresses de ses cheveux, Grenouille le regarda s'éloigner. Les reproches de son ami ravivaient ses doutes. L'accueil des gens de l'eau était-il un piège destiné à la détourner de sa véritable destination? Manquait-elle de volonté? Elle se laissa glisser pour s'asseoir et plongea ses doigts de pieds dans l'eau courante. Le pauvre tronc sur lequel ils étaient arrivés jusque-là gisait, abandonné, sur la rive opposée.

— Que dois-je faire, grand-père? demanda-t-elle à la rivière, le cœur serré.

Mais celle-ci lui répondit par un joyeux murmure qui ne rappelait en rien la voix de Grand-Aigle.

Chapitre 8

Le chat géant

Poussée par une brise légère, Grenouille s'enfonça dans les bois. S'éloigner seule du village était interdit : la tante de Tulia, chez qui elle logeait, le lui avait dit et répété. Mais il y avait toujours trop de monde autour de la rivière. Or elle voulait réfléchir. Arbas lui avait annoncé la veille qu'il partait avec Riem, l'un des neveux de Siel. Celui-ci allait échanger des coquillages en aval de la rivière. Grenouille avait aussitôt couru voir le vieil homme.

— Pourquoi tu laisses partir ton apprenti ? avait-elle demandé avec son accent encore maladroit.

— Arbas désire s'en aller. Je ne puis le retenir contre son gré.

— Mais tu as dit que c'était dangereux !

— C'est vrai.

Grenouille s'était laissé tomber sur la peau couleur sable posée au pied du fauteuil. Celle d'un de ces grands chats que les gens de l'eau appelaient lynx, très difficile à chasser. Elle-même n'en avait jamais vu.

— Où mène la rivière ? avait-elle soudain demandé d'une petite voix.

— C'est à toi de le découvrir, si tu le souhaites.

— Je ne sais pas ce que je souhaite…

Siel avait éclaté de rire.

— Les jeunes peuvent mais ne savent pas, les vieux savent mais ne peuvent pas. Ainsi va la vie…

Grenouille avait froncé les sourcils. Elle ne comprenait pas toujours ce que sous-entendait le vieil homme. Seul Arbas pouvait déchiffrer ses phrases à double sens. Avec un sourire incertain, elle avait quitté la tente. Inutile de compter sur son soutien pour retenir son ami.

— Je ne veux pas partir, déclara-t-elle au ruisseau qui serpentait à travers bois.

Elle avait trouvé sa place parmi les gens de l'eau. Nulle part ailleurs elle ne serait mieux accueillie. Et puis, elle ne voulait pas découvrir que le pays merveilleux n'avait été qu'un conte, que son grand-père était parti à jamais. Elle avait peur d'être déçue.

— Mais je ne peux pas abandonner Arbas, confia-t-elle à un papillon qui battait des ailes sur une feuille.

Sans lui, elle n'aurait jamais osé traverser tout le pays du haut. Il avait été son premier ami, et il demeurait, après son grand-père, l'être le plus cher à son cœur. Elle ne s'imaginait pas passer le reste de sa vie sans lui.

Grenouille s'arrêta dans une clairière bordée de bouleaux. Elle n'était jamais venue à cet endroit. Les gens de l'eau l'évitaient-ils ? Un frisson agita son dos. Après une grande pierre plate, le terrain remontait en pente vers une petite colline. Un silence étrange pesait sur les lieux. La jeune fille chercha d'instinct la fronde glissée à sa taille, avant de se souvenir que dans son trouble, elle l'avait oubliée. Se repliant vers les bouleaux, elle repéra une branche pointue susceptible de lui servir d'arme. Elle refermait les doigts dessus quand un feulement la glaça. Lentement, très lentement, elle tourna la tête. Son cœur s'arrêta de battre : là, à quelques pas, se tenait un chat géant. Des muscles puissants roulaient sous son poil ras. Ses babines retroussées laissaient dépasser des crocs jaunis, aussi longs que l'index de Grenouille. Elle plongea les yeux dans les pupilles d'or pailleté de l'animal. Ses jambes flageolaient de peur. Pas le temps de fuir, ni de monter à l'arbre. Elle recula d'un pas, priant pour que le lynx n'ait pas assez faim pour s'attaquer à elle. Le félin avançait dans sa direction, épaules au ras du sol. Un grondement menaçant montait de sa poitrine. La jeune fille ouvrit la bouche pour crier, puis la referma. Personne ne lui viendrait en aide. Mieux valait éviter d'exciter son adversaire. Le lynx s'accroupit soudain, muscles tendus. Son moignon de queue fouettait l'air en cadence. Grenouille se pressa contre le tronc de l'arbre comme si elle cherchait à s'y fondre. Elle avait déjà vu des chats dans la même posture et elle savait très bien que cela indiquait une attaque imminente. Tétanisée, elle ferma les yeux dans l'attente du choc.

— Grenouille !

Le cri détourna son attention, comme celle du lynx. Arbas se tenait debout à l'orée de la clairière, pâle mais résolu, un bâton à la main. Le félin souffla dans sa direction puis reporta son regard vers la jeune fille, hésitant.

— Va-t'en, sale bête ! hurla Arbas.

Le lynx feula en réponse. Reprenant courage, Grenouille brandit son propre bâton et bien qu'elle eût encore la gorge sèche, elle hurla de toutes ses forces.

— Va-t'en !

Le chat géant aplatit ses oreilles en plumeaux, pencha la tête sur le côté, indécis. Le cœur de la jeune fille cognait si fort dans sa poitrine qu'elle l'entendait battre dans ses oreilles. Ses paumes luisantes de sueur glissaient sur le bâton.

— Pars! hurla Arbas, brandissant son arme au-dessus de sa tête.

— Pars! répéta Grenouille en imitant son geste.

Le lynx feula en guise de défi, puis effectua un bond prodigieux au-dessus de la pierre plate. En quelques foulées, il disparut dans l'herbe de la colline. Les jambes molles, la jeune fille se laissa glisser au sol. Elle l'avait échappé belle!

— Grenouille, ça va? s'inquiéta Arbas, accouru à ses côtés.

Elle se cramponna à son cou en tremblant. Cette fois, c'était lui qui l'avait sauvée. Attaquer un lynx à mains nues ou presque! Même Grand-Aigle n'aurait jamais commis pareille folie. Mais il l'avait fait, pour elle. Elle le serra contre elle de toutes ses forces, respirant son odeur de pin et d'argile, si différente de celle des gens de l'eau. La respiration saccadée du garçon lui chatouillait la joue. Enfin, elle le repoussa d'une main et s'essuya les yeux de l'autre.

— Espèce d'idiot! Il aurait pu t'attaquer!

— Tu aurais préféré te faire dévorer toute crue?

— Pourquoi tu étais là, d'abord?

— Je voulais te dire au revoir, répondit-il, mal à l'aise.

La raison pour laquelle Grenouille s'était écartée du village lui revint à l'esprit. Et soudain, elle sut exactement ce qu'elle devait faire. Elle tendit la main à son ami pour l'aider à se relever. Mieux valait ne pas s'attarder, si jamais le lynx changeait d'avis et revenait sur ses pas.

Sur le chemin du retour, elle conserva la main d'Arbas dans la sienne. Elle avait cru se trouver parfaitement en sécurité parmi les gens de l'eau : le lynx venait de lui montrer qu'elle se trompait. Et celui qui était venu à son secours n'appartenait pas à ce peuple.

— Je pars avec toi, annonça-t-elle alors qu'ils approchaient du village.

Arbas ne répondit pas, mais ses doigts encerclèrent plus étroitement ceux de son amie. Un petit sourire tirailla le coin de ses lèvres. Grenouille se fit la réflexion qu'elle l'avait rarement vu sourire. Rien que pour cela, sa décision valait la peine. Près de l'embarcadère, la rivière chantait de joie.

***

— Arbas, appela Grenouille depuis le ponton, tu viens ?

— J'arrive.

Le garçon effectua une nouvelle encoche sur le bâton qui lui servait à compter les tablettes échangées. Les cartes du fleuve se troquaient mieux que les coquillages, au grand dam de Riem, le propriétaire de la barque qui les avait pris en charge. D'autant qu'Arbas ajoutait à l'enseignement de Siel les informations qu'il collectait au fil du chemin. La clairière dans laquelle ils avaient affronté le lynx se voyait désormais affublée d'un petit rond surmonté de deux triangles.

— Dépêche-toi, l'avertit Grenouille, le batelier a dit qu'il ne nous attendrait pas.

La barque de Riem avait atteint la limite de son périple. Peu de gens de l'eau s'aventuraient au-delà du village où ils s'étaient arrêtés. Pour descendre plus bas la rivière, les enfants avaient dû trouver un autre bateau. Ka Saul, le propriétaire de cette large embarcation destinée au transport de marchandises, appartenait à une tribu plus éloignée, qui vivait du commerce fluvial. Leurs barques, menées par des équipages de six personnes, avaient une coque sculptée sur la partie émergée, le bois teint et poli. Ka Saul était exagérément fier de la sienne. Il lui avait même donné un nom, comme à un être humain: la Téméraire! Après une âpre négociation avec Riem, il avait accepté de prendre les enfants à bord, à condition qu'ils ne touchent à rien. Grenouille avait senti un pincement au cœur en voyant disparaître la barque de ses hôtes. Les reverrait-elle un jour? Ils les avaient laissé partir de bon cœur, respectant leur volonté. Les voyageurs se revêtaient un prestige particulier à leurs yeux. Tout le village s'était rassemblé sur la jetée pour assister à leur départ, agitant gaiement la main pour leur souhaiter bonne chance. Enfin... presque tout le village.

La jeune fille repoussa une chèvre qui s'était aventurée sur le ponton et tentait de brouter le bas de son pagne. Les locaux élevaient ces petits animaux, couverts de longs poils soyeux, à partir desquels ils tissaient des manteaux doux et chauds, teints de couleurs vives. Arbas avait voulu en échanger un contre une tablette d'argile, mais les femmes lui avaient ri au nez: ces trésors ne se négociaient que contre les denrées les plus rares! Tant pis, ils devraient se contenter des pèlerines de peau que Siel leur avait données au moment du départ. Grenouille se revit sur la jetée de pierre, cherchant son ami Lien du regard. En vain. Trop orgueilleux, il n'avait pas supporté qu'elle lui préfère Arbas.

— Les gens du coin prétendent que Ka Saul n'est pas fiable, dit Arbas en la rejoignant. Il va trop vite et prend trop de risques.

— Tu leur as demandé?

— Non, j'ai écouté. Tu sais, quand tu ne parles pas tout le temps, tu as le temps de laisser traîner tes oreilles, ironisa le garçon avec un sourire en coin.

Pourtant, Grenouille se renfrogna. Arbas était plus doué qu'elle pour apprendre les dialectes, donc elle devait bien s'entraîner, pour compenser!

— Alors, qu'est-ce qu'on fait? On attend la prochaine barque?

Grenouille savait ce que cela impliquait: de longues journées à patienter dans ce village inconnu. Mais elle se rappelait aussi trop bien la fois où Arbas avait failli se noyer, par sa faute. Elle comprendrait qu'il ne veuille pas prendre de risques.

— Non, allons-y, décida Arbas.

Puis il ajouta, avec un nouveau sourire:

— Tu me rattraperas si on chavire.

La jeune fille n'osa pas lui faire remarquer qu'il valait mieux ne pas trop en prendre l'habitude. Pour une fois qu'il manifestait un peu de confiance envers elle! Elle se contenta d'adresser une prière silencieuse à son grand-père tandis qu'ils se dirigeaient vers la barque de leur passeur.

Les avertissements des villageois au sujet de Ka Saul se révélèrent malheureusement exacts. Jeune et présomptueux, il avait décidé de battre le record de vitesse entre ce village et le sien, à quatre jours de navigation vers l'aval. Pour ramener la durée à trois jours, il n'hésitait pas à prendre des risques inconsidérés. Plus d'une fois, l'embarcation avait failli verser. Arbas se tenait recroquevillé au fond de la coque, le teint blême. De grandes éclaboussures giflaient régulièrement les enfants, si bien que leurs fesses reposaient dans deux doigts d'eau. Grenouille tendit une main pour rassurer son ami quand la barque fit une nouvelle embardée. Ka Saul cria quelque chose à ses hommes au moment où l'embarcation s'inclinait sur la droite. Grenouille se rattrapa de justesse au bastingage. Arbas voulut l'imiter, mais gêné par son bras invalide, il manqua le bord. Il glissa, heurta l'autre flanc de l'épaule, puis, sous les yeux horrifiés de Grenouille, il bascula à l'eau comme un vulgaire paquet.

— Non !

Même si le courant n'était pas aussi violent qu'avant la grande cascade, le garçon n'avait aucune chance de s'en sortir sans savoir nager. Sans réfléchir, Grenouille bondit sur ses pieds et plongea à son tour. Derrière elle, le bateau se redressa avant de reprendre sa course.

— Hé ! hurla-t-elle à l'intention des hommes.

Mais, pris dans leur bataille contre le courant, ils ne lui prêtèrent aucune attention. Elle n'eut pas le temps de s'indigner de leur abandon. Il fallait rattraper Arbas, d'abord ! Elle prit une grande inspiration avant de s'enfoncer sous la surface.

L'eau trouble l'empêchait de distinguer quoi que ce soit. Elle nagea jusqu'à toucher le fond, puis remonta. Autant chercher une graine au milieu d'un éboulis ! Grenouille inspira un grand coup et toucha le haut de son front, comme Grand-Aigle en avait l'habitude pour appeler la chance.

— Aide-moi à le retrouver, grand-père, vite !

Au moment où elle plongeait de nouveau, un poisson argenté frôla son épaule. Elle le suivit sans hésiter : peut-être s'agissait-il d'un signe ? Un remous traître la bouscula, de sorte qu'un peu d'air s'échappa de sa poitrine. La rivière se montrait souvent imprévisible, une chose que Ka Saul n'avait pas voulu comprendre. Grenouille refusa de se laisser impressionner. Malgré son envie insupportable de respirer, malgré ses muscles qui brûlaient sous l'effort, elle passa le remous, plus loin. Ne distinguait-elle pas une forme sombre, là-bas, sous les flots ? Elle battit des jambes plus fort, se tendit comme une flèche, allongea les bras. Elle devenait poisson, rivière. Ses doigts agrippèrent des

cheveux, un poignet, une tunique. Malgré le soulagement d'avoir retrouvé Arbas, elle se concentra sur
sa respiration. Les bras solidement passés autour de
lui, elle donna un coup de talon pour remonter vers
la surface.

L'air s'engouffra dans sa poitrine. Libérés de la
tension nerveuse, ses membres lui parurent soudain
mous, maladroits. La rivière les entraînait dans sa
course incessante. Seule, elle aurait sans problème
regagné la rive. Mais avec le poids mort d'Arbas, c'était
une autre histoire... Elle cala la tête du garçon contre
son cou, un bras passé sous ses aisselles. Respirait-il
encore ? Un soudain élan de peur et de colère lui fit
maudire la rivière. C'était la troisième fois qu'elle les
mettait en péril.

— Tu ne me le prendras pas ! cria-t-elle, en un vain
défi contre l'eau perfide.

À petits battements de jambes prudents, elle commença à dériver. Lutter contre le courant était inutile, mieux valait se laisser porter pour atteindre son
but, ménager ses forces. L'eau froide engourdissait ses
membres, la paralysait peu à peu. Impossible d'effectuer
de grands mouvements pour se réchauffer. Grenouille
serra les mâchoires et poursuivit sa route, luttant
contre l'envie de se débattre et de lâcher son fardeau

pour regagner la sécurité de la rive. Ils n'avaient pas traversé le pays d'en haut, franchi la grande falaise et survécu à une attaque de lynx pour terminer au fond de ce fleuve. Elle pensa à son grand-père. Il lui avait raconté comment, une fois, il s'était laissé surprendre par une tempête de neige. Le froid l'avait peu à peu engourdi, le sommeil l'avait gagné, et l'envie d'abandonner l'avait saisi : cela semblait tellement plus facile que de lutter… D'autres chasseurs, avant lui, avaient succombé à l'étreinte mortelle de la neige. Perdu au milieu de l'immensité poudreuse, il ne voyait aucune échappatoire, aucun espoir de s'en sortir. Pourtant il avait continué à marcher, bravant le froid, le vent, la torpeur.

« Je voulais te revoir, mon enfant, avait-il ajouté avec un sourire attendri. »

— Et moi, lui répondit Grenouille, des années plus tard, je veux sauver Arbas. Je lui ai promis !

Il lui sembla dériver une éternité. Quand ses pieds, enfin, rencontrèrent un sol boueux, Arbas lui glissa des bras. Elle le rattrapa de justesse et tomba à genoux dans l'eau. Son ami serré contre elle, elle prit à peine le temps de reprendre son souffle avant de le tirer sur la berge. Une brève pensée pour le lynx lui traversa l'esprit. Si un spécimen se promenait dans le secteur, ils auraient bien du mal à lui échapper. À la vue des lèvres bleuies d'Arbas, Grenouille oublia cependant cette menace. Paniquée, elle supplia :

— Ne meurs pas, s'il te plaît.

Elle frotta ses joues pâles, puis lui asséna de petites claques sans provoquer de réaction. Elle sentit sa gorge se serrer si fort qu'elle pouvait à peine respirer. Il n'allait pas mourir maintenant ! Désemparée, elle le secoua, appuya sur sa poitrine, le roula d'un côté, puis de l'autre. Si seulement sa mère avait été là, elle aurait su quoi faire ! Le plaisir de l'aventure s'était dissout dans les remous de la rivière, laissant derrière lui un goût amer. Elle secoua son ami de plus belle. Comment lui redonner du souffle ? Masser la gorge ne servait à rien. Peut-être que si elle obligeait sa poitrine à se soulever comme la sienne… ? Ses deux mains palmées plaquées sur le torse du garçon, elle appuya de toutes ses forces. En haut, en bas. En haut, en bas. Elle puisait un maigre réconfort à sentir le cœur d'Arbas battre encore sous ses doigts. Elle écarta une mèche qui lui barrait le visage et une autre idée lui vint. Sans cesser d'appuyer, elle se pencha sur la bouche entrouverte de son ami et souffla doucement dedans, comme si elle respirait.

— Allez, reviens ! supplia-t-elle en se redressant.

La peau du garçon refroidissait sous ses paumes. Les pensées de Grenouille tourbillonnaient comme des feuilles emportées par le vent. Que pouvait-elle faire d'autre? Le frictionner avec des herbes, peut-être, faire du feu? Elle n'aurait jamais le temps! Elle se penchait de nouveau vers lui lorsqu'il fut pris d'un haut-le-cœur. Il roula sur le côté pour vomir de l'eau. La jeune fille lui tint le front, trop soulagée pour être dégoûtée. Arbas toussa, cracha, puis reprit enfin sa respiration.

— J'ai cru que c'était fini, articula-t-il d'une voix rauque.

— Moi aussi, avoua Grenouille, tremblante.

Elle se pressa contre lui pour le réchauffer. La joie l'inondait d'une douce chaleur.

— Je vais faire du feu, proposa-t-elle.

— Non, reste un peu.

Ils demeurèrent blottis l'un contre l'autre à regarder couler la rivière qui venait de leur montrer, une fois de plus, l'un de ses pires visages.

— Mais sans elle, réfléchit Grenouille à voix haute, nous ne nous serions jamais rencontrés.

Arbas s'endormait à moitié. Grenouille le laissa se reposer tandis qu'elle cherchait de quoi allumer un feu. Au moins, dans le pays d'en bas, ils ne craignaient pas d'attirer l'attention. Les gens de l'eau se montraient amicaux, dans l'ensemble, et moins soupçonneux envers les étrangers. Peut-être les échanges entre tribus, le long de la rivière favorisaient-ils une plus grande tolérance ? Arbas se redressa quand les flammes montèrent en crépitant vers le ciel clair.

— La barque est partie ?

— Elle a filé sans se retourner.

— Avec nos affaires ?

Grenouille baissa le nez. Dans l'affolement, elle n'avait pas pensé à leurs maigres possessions : quelques coquillages comme monnaie d'échange, les tablettes d'argile de son ami, une tunique de rechange, leurs peaux. Une fois de plus, ils se retrouvaient sans rien. Les larmes lui piquèrent les yeux.

— Ne pleure pas, dit gentiment Arbas. On va se débrouiller. On s'en est toujours sortis, non ?

— Je ne pleure pas ! Je sais qu'on va s'en sortir. C'est juste que... On aurait dû se méfier de ce Ka Saul. C'est ma faute ! Si ça se trouve, il a fait exprès de nous jeter à l'eau.

— Il s'est sans doute dit que des enfants seraient faciles à dépouiller.

Grenouille jeta dans le feu une branche trop verte qui dégagea une fumée blanche. Bien sûr, ils n'étaient que des enfants, mais ils avaient vécu tant d'expériences depuis leur départ! Elle pensa à ses frères et sœurs, là-haut dans la montagne. Soudain, elle se sentait beaucoup plus vieille et sage qu'une enfant. Combien auraient quitté leur famille, leur tribu, pour entreprendre pareille aventure? Et si ceux qui se moquaient d'Arbas à cause de son infirmité avaient pu le voir descendre la grande falaise!

— Tu as raison, répondit-elle à son ami. On va s'en sortir, comme toutes les autres fois.

Chapitre 9

Le bout du monde

Longer la rivière à pied s'avéra plus tranquille, mais bien moins agréable que la navigation. Grenouille et Arbas devaient parfois s'écarter du cours de l'eau pour éviter des rochers ou s'arrêter pour reprendre des forces au lieu de se laisser dériver au gré du courant. Mais leur dernière mésaventure avait définitivement dégoûté le garçon des bateaux. Même dans les quelques villages qu'ils croisèrent, il refusa de négocier leur passage. Grenouille respecta son choix. Elle avait eu trop peur pour lui. Toutefois, elle commençait à se demander s'ils arriveraient un jour au bout de la rivière. Ils marchaient depuis presque deux lunes et rien n'indiquait qu'ils se rapprochaient de leur but. Enfin, d'après les villageois rencontrés, au bout de la rivière, il y aurait… une autre rivière. Une rivière si grande, avait précisé leur interlocuteur, que personne n'en avait jamais vu l'autre rive. Ceux qui vivaient à côté l'appelaient l'Eau Mère. L'eau venait pourtant de la montagne pour courir se jeter dans cette immense étendue. Celle-ci était donc plutôt la fille du ruisseau près duquel elle jouait, petite, réfléchissait Grenouille. Tout ça ne lui disait pas où elle allait trouver le pays merveilleux et à vrai dire, elle devenait de plus en plus nerveuse.

Grenouille s'arrêta pour remonter la lanière tressée de son sac sur son épaule. Sa peau luisait de sueur et le bourdonnement incessant des moustiques la rendait folle. Ah, il était beau, le pays merveilleux! Elle contempla le paysage devant elle. La grande rivière se divisait en de multiples bras, au milieu desquels croissaient herbes folles et plantes piquantes. Grenouille écrasa un moustique contre son bras. Comment deviner quelle direction avait suivi son grand-père?

— Arrêtons-nous un instant, décréta Arbas. On a besoin de manger et de boire un peu.

Mais la première gorgée d'eau lui arracha une grimace.

— Pouah! Elle est salée!

— Salée?

Grenouille se pencha vers l'eau à son tour. Elle avait un arrière-goût de vase et de sel, c'était vrai.

— Tu crois que c'est parce que nous approchons de l'Eau Mère?

Arbas haussa une épaule. Il s'amusait déjà à tracer des dessins dans la glaise, de la pointe de son bâton. La jeune fille s'allongea sur le dos pour profiter des rayons du soleil. Il tapait dur dans la région, si bien que la peau de Grenouille prenait petit à petit la même teinte foncée que celle des habitants du cru. Arbas, en revanche, supportait mal l'ardeur des rayons. Sa peau rougissait, pelait ou se cloquait s'il ne se protégeait pas. Deux semaines plus tôt, ils avaient fait halte dans un village de vanniers, dans lequel il avait appris comment tresser des joncs pour en confectionner des paniers ou des chapeaux. Grenouille avait été surprise de constater la vitesse à laquelle il travaillait, même d'une seule main. Pour sa part, elle avait préféré aller marchander avec les artisans du coin. Elle écrasa un moustique contre son mollet. Les insectes piqueurs étaient si nombreux dans le coin qu'aucun village ne s'y était installé. Un troupeau de buffles avançait dans leur direction. La première fois qu'elle en avait vu, elle avait eu très peur de ces animaux immenses, pourvus de deux énormes cornes dont le poids courbait le front. Pourtant, ils n'étaient pas dangereux tant qu'on ne les agaçait pas.

— Allons-y, décida-t-elle une fois le troupeau passé. Direction l'Eau Mère ! Je sens que le pays merveilleux n'est plus très loin.

Un vent frais soufflait de l'aval, leur apportant des senteurs inconnues. Arbas empoigna son sac sans enthousiasme.

— Tu n'as pas hâte d'arriver ? lui demanda son amie.

— J'ai peur que tu sois déçue.

Grenouille lui lança un regard attendri de sous une mèche de cheveux échappée de ses nattes. Il avait bien changé, le fugitif de la forêt ! En quelques mois, il avait beaucoup grandi, si bien qu'il faisait à présent la même taille qu'elle. La marche avait musclé ses jambes et son dos. Maigres et affamés après leur traversée du pays d'en haut, ils avaient repris tous deux du poids depuis qu'ils trouvaient de quoi manger à leur faim. Ils étaient jeunes et vigoureux : ne pourraient-ils pas fonder leur propre tribu ? Mais alors, cela ferait d'Arbas son compagnon et non son frère… Cette idée saugrenue fit monter le rouge aux joues de la jeune fille, qui bougonna pour masquer son trouble :

— Le seul moyen de le savoir, c'est d'aller voir !

***

Le crépuscule teintait le ciel d'orangé quand les deux voyageurs parvinrent au bord de l'Eau Mère. Ils s'arrêtèrent sur un banc de sable, oubliant un instant les moustiques devant le spectacle.

— C'est immense, souffla Grenouille.

Le soleil couchant se noyait dans une immensité de rouges et de jaunes. La jeune fille mit sa main en visière devant ses yeux, sans distinguer l'autre rive. D'après les tribus locales, personne n'avait jamais traversé l'Eau Mère. Celle-ci avait recraché le corps des imprudents qui avaient tenté l'aventure.

— Grenouille, souffla Arbas. C'est la fin du voyage.

Sans l'écouter, la jeune fille avança de quelques pas dans l'eau salée. Celle-ci lui lécha les genoux, recula, avança de nouveau.

— Grand-père? appela Grenouille d'une voix tremblante.

Elle se sentait soudain perdue. Comment rejoindre son grand-père de l'autre côté? Le pays merveilleux se trouvait sûrement là-bas, si proche et pourtant hors de portée.

— Grand-père! répéta-t-elle.

Mais seul le bruit des vagues lui répondit.

— On ne peut pas aller plus loin, insista Arbas. D'ailleurs, les vivants ne marchent pas dans le pays des morts.

— Alors pourquoi sommes-nous venus jusqu'ici? rétorqua Grenouille, le visage froissé de chagrin. À quoi bon, tu peux me le dire?

Le garçon entoura ses épaules de son bras.

— Le voyage en valait la peine, non?

Grenouille réfléchit un instant. Elle avait prouvé qu'elle était capable de se débrouiller seule, elle avait appris comment se servir au mieux de ses mains palmées et elle avait découvert d'autres peuples, d'autres langues, d'autres façons de faire. Quant à Arbas, personne ne gravait mieux les tablettes d'argile que lui. S'ils devaient rejoindre une nouvelle tribu, ces talents leur seraient certainement utiles. Mais elle n'avait pas envisagé la fin du périple ainsi. Elle avait toujours cru qu'un jour, son grand-père l'attendrait pour la conduire au pays mer-veilleux, où ils n'auraient plus jamais aucun souci.

— Qu'est-ce qu'on fait, maintenant?

Pour la première fois depuis son départ, elle se sen-tait perdue, sans aucun but.

— J'en ai assez de me faire dévorer par les mous-tiques, décréta Arbas. Éloignons-nous du delta, pour commencer.

Un vertige saisit Grenouille. Elle s'imagina longer l'Eau Mère jusqu'à l'Eau Grand-Mère et ainsi de suite. Le voyage n'aurait jamais de fin. Elle glissa sa main dans celle de son ami. Il leur fallait déjà trouver un endroit où manger et se reposer. Pour le reste, ils aviseraient plus tard.

***

Ils s'arrêtèrent non loin de là pour la nuit, sur une colline en bord de l'Eau Mère. L'unique arbre qui y poussait pourrait toujours leur offrir un refuge en cas de danger. Faute de bois sec, ils ne purent allumer de feu: ils mangèrent des crabes crus, qu'ils avaient pêchés dans les trous d'eau alentour. Au petit matin, ils se réveillèrent stupéfaits: l'eau avait monté durant la nuit et encerclait maintenant leur promontoire!

— Comment va-t-on faire? s'inquiéta Arbas.

— On va nager, tiens! cria Grenouille.

Elle se jeta à l'eau sans hésiter. Le rivage ne se trouvait qu'à une dizaine de brasses, une formalité pour une nageuse émérite comme elle. L'Eau Mère la surprit cependant. Elle la portait bien mieux que la grande rivière. Mais les vagues rendaient sa progression plus difficile.

— Je viens te chercher! annonça-t-elle en rebroussant chemin.

Quand elle reprit pied sur l'îlot, Arbas arborait son habituelle expression butée.

— Je peux te porter, promit-elle, si tu ne me serres pas trop fort.

— Je déteste ça.

Grenouille soupira. Son ami n'apprécierait décidément jamais l'eau, pas plus salée que douce...

— Je sais, mais tu ne peux pas rester ici. Crois-moi : si je te dis que je peux y arriver, c'est vrai. Tu me fais confiance?

Arbas lui entoura les épaules de son bras valide. Elle sentait son corps crispé contre le sien et s'efforça de résister à la panique qu'il lui communiquait. S'ils restaient tous les deux calmes, tout se passerait bien. Le garçon tressaillit quand l'eau monta progressivement à leurs genoux, puis à leur taille.

— Fais-moi confiance, je t'en prie! l'encouragea encore Grenouille.

— Je te fais confiance.

Le garçon lui laissa la direction des opérations, se tenant avec légèreté à ses épaules pour ne pas la gêner. L'Eau Mère les porta sans effort sur quelques brasses. Malgré le poids de son compagnon, Grenouille nageait bien plus facilement que dans la rivière. Ils prirent pied sur le sable de l'autre côté, indemnes.

— Tu vois, c'était facile ! remarqua Grenouille. Je suis sûre qu'un jour tu apprendras à te débrouiller aussi bien que moi.

— Avec ça ? fit-il en désignant son bras atrophié.

— Presque aussi bien. Oh, regarde ! On dirait que l'eau se retire, ajouta-t-elle.

Petit à petit, de façon presque indécelable à l'œil nu, l'Eau Mère refluait en direction du large.

— C'était bien la peine de se mouiller…, commenta Arbas.

L'île redevenait peu à peu un simple promontoire.

Le soleil matinal chauffait déjà le sable sous leurs pieds, l'air avait une odeur âcre qui faisait tourner la tête. Au-delà de la bande sableuse, des arbres balançaient leurs palmes dans le vent tiède. Un lapin surgit d'un buisson et sautilla dans l'herbe avec une insouciance qui prouvait l'absence de prédateurs dans le secteur. Des buissons épineux, sur la gauche, offraient leurs fruits noirs et juteux. Enfin, un ruisselet, serpentant à travers la prairie, garantissait la présence d'eau douce. Grenouille se prit à rêver. Le site offrait tout ce dont ils avaient besoin pour survivre : pourquoi ne pas s'arrêter là ? Arbas demeurait muet. Elle allait se tourner vers lui quand un oiseau blanc se posa à moins d'un bras d'elle. Sans se soucier de sa présence, il lissa avec soin ses plumes du bout de son bec rouge et recourbé. Quand Grenouille tendit la main pour le toucher, il décolla en criant.

— Tu as entendu ? demanda Grenouille, bouleversée.

— Quoi ?

— L'oiseau. Son cri... Il faisait « kat-chak » !

— Peut-être, et alors ?

— Katchak, ça veut dire Grand-Aigle dans la langue sacrée des shamans. C'était le nom de naissance de mon grand-père.

L'oiseau s'était posé un peu plus loin, ses petits yeux noirs et brillants dardés sur eux. Grenouille se redressa en prenant soin de ne pas l'effrayer.

— Viens, suivons-le ! Je suis sûre que mon grand-père l'a envoyé pour nous.

Si Arbas en doutait, il eut la sagesse de ne pas l'exprimer à voix haute. Au même moment, une nuée d'oiseaux blancs décolla. L'espace d'un instant, le ciel devint blanc. Puis les oiseaux s'égayèrent à grand renfort de « kat-chak ». Grenouille se mit alors à courir sur la plage, bras étendus. Elle avait l'impression que son cœur allait s'envoler de sa poitrine. Yeux fermés, elle se laissa porter par le vent.

— Grenouille, attention! hurla Arbas.

Trop tard: elle heurta violemment un corps et atterrit à plat ventre dans le sable chaud. Une main ferme lui saisit le poignet pour l'aider à se relever. Elle se remit à genoux. Quand elle leva les yeux vers l'homme qu'elle venait de percuter, elle plongea dans un regard familier, deux pupilles d'un bleu aussi clair que le ciel d'été.

— Grand-père!

— Qué?

Le son de la voix de l'homme dissipa sa méprise. Debout devant elle, il n'avait rien à voir avec son grand-père, en-dehors des yeux. Petit et courbé, il s'appuyait sur un bâton pour marcher. Son visage brun se creusait de plus de rides que l'Eau Mère n'avait de vagues. Il lui adressa quelques mots dans une langue qu'elle ne comprit pas.

— Pardon?

— Fille de l'eau? répéta le vieillard dans la langue des gens de la rivière.

— Oui... Non. Plus loin, encore.

— Plus loin? fit le vieil homme, perplexe.

— Très loin, de là d'où vient l'Eau Fille, expliqua maladroitement Grenouille.

Le vieil homme se gratta le menton, interdit. Grenouille recula de deux pas pour saisir la main d'Arbas. Les oiseaux blancs s'étaient posés à quelques pas de là pour fouiller le sable de leur bec recourbé. Ils s'envolèrent à son approche. « Kat-chak, kat-chak ! » lancèrent-ils avant de piquer vers l'Eau Mère. Grenouille les regarda s'éloigner jusqu'à ce qu'ils ne soient plus que des petits points sur l'horizon. S'agissait-il du dernier message de son grand-père ?

— Mon nom est Atara, annonça finalement le vieil homme. Mon village se trouve sur le bord de l'Eau Mère, pas très loin d'ici. Voulez-vous m'accompagner ?

Grenouille consulta Arbas du regard. Il hocha lentement la tête. Atara se toucha les lèvres du bout des doigts, puis tourna les talons, leur faisant signe de le suivre. En chemin, il s'arrêta pour ramasser quelques coquillages, qu'il déposa avec soin au fond de son panier. Le cœur de Grenouille battait à tout rompre. Et si c'était vraiment la fin du voyage ? Elle se rendit compte soudain qu'elle était lasse de toujours passer d'un endroit à l'autre. Comme une jeune pousse, elle avait envie d'un lieu où planter ses racines.

Ils arrivèrent bientôt en vue du village. Celui-ci n'avait rien de commun avec les huttes des gens de l'eau. Les murs en bois formaient un cercle parfait, surmonté d'un toit de palmes. Seules quelques habitations de grande taille étaient de forme rectangulaire.

Comme dans tous les villages où ils étaient passés, en revanche, une nuée d'enfants s'avança à leur rencontre. Ils avaient la peau sombre et les cheveux noir corbeau. Arbas se raidit, mal à l'aise, comme toujours, face à la foule. Des murmures traversèrent bientôt les rangs. Les enfants se montraient mutuellement le bras atrophié du garçon. D'instinct, Grenouille fit un pas de côté pour se placer devant son ami. Mais elle prit bientôt conscience que personne n'avait l'air moqueur ou dégoûté. Au contraire, les enfants semblaient exprimer un grand respect. Indécise, elle décida de les saluer à sa façon, main bien écartée. Les murmures redoublèrent.

— Qu'est-ce qu'ils disent ? demanda Arbas, nerveux.

— Je ne sais pas. Je ne comprends rien.

Atara se retourna brusquement vers eux.

— Ne craignez rien. Chez nous, ceci, dit-il en montrant le bras d'Arbas, est signe que les Grands Esprits vous ont choisis.

— C'est-à-dire ?

— Leur marque est sur vous.

Grenouille fronça les sourcils. Elle n'était pas sûre de bien comprendre… Arbas avait les yeux brillants. Ses épaules s'étaient redressées, son menton pointait vers l'avant. Des adultes sortaient à leur tour des habitations. L'un d'eux fendit la foule des enfants dans leur direction.

Quand il arriva devant eux, Grenouille constata avec stupeur qu'il lui manquait une jambe. Il s'appuyait sur une béquille en bois pour marcher et son visage ingrat était constellé de cicatrices. Elle réprima un mouvement de recul. Chez les montagnards, cet homme aurait été considéré comme une disgrâce. Or, les peaux-sombres le saluaient, eux, avec le plus grand respect.

— Notre shaman, Amali, déclara Atara en le leur présentant.

L'homme se planta devant les arrivants et les dévisagea longuement. Le village entier retenait son souffle. Seul le cri des oiseaux blancs perçait le silence. Grenouille serra de toutes ses forces la main d'Arbas. Quelque chose de très important se jouait là, elle le sentait. Pour finir, Amali tendit le bras, et du bout des doigts, effleura le bras invalide d'Arbas. Grenouille se raidit. Elle savait à quel point son ami détestait les contacts physiques. Mais il se contenta d'esquisser un sourire avant de s'incliner, en signe de respect.

— J'avais fini par croire que les Grands Esprits m'avaient oublié, dit le shaman avec un accent prononcé. Depuis le temps que j'attendais un apprenti...

— Un apprenti? répéta Grenouille, étonnée.

Pouvait-il décider cela rien qu'en les regardant? Chez les montagnards, il existait tout un tas d'épreuves

très compliquées destinées à repérer les futurs shamans. Bien sûr, ceux qui présentaient une anomalie
physique étaient écartés d'office.

Amali toisa Grenouille.

— *Mon* apprenti, naturellement. Pour toi, nous
déciderons plus tard.

— Mais...

— Je veux bien devenir apprenti, intervint Arbas,
mais elle reste avec moi.

Amali sembla indigné. Un rire sonore s'éleva des
derniers rangs, suivi d'une réflexion qui sembla froisser encore davantage le shaman.

— Notre chef, Omara, expliqua Atara à voix basse.
Elle dit : « Tel maître, tel apprenti ».

Le chef de village était donc une femme ? Grenouille
écarquilla les yeux. Jamais au grand jamais une telle
chose n'aurait pu se produire parmi les siens.

Secouant la tête, le shaman attrapa la main de la
jeune fille et contempla un moment ses membranes.
Quand il les effleura du bout du pouce, un frisson parcourut Grenouille de la tête aux pieds. Personne n'avait
jamais eu ce geste envers elle. Pas même Grand-Aigle.

— Intéressant, conclut-il en la lâchant. Tu peux rester.

Quelqu'un lança une réflexion dans l'assemblée,
sur un ton railleur. Des rires parcoururent les rangs.

L'atmosphère était bien plus détendue que chez les montagnards ou même chez les gens de l'eau, et le respect, une notion toute relative. Le shaman ne parut pas s'en froisser. Il agita sa béquille pour se frayer un passage et fit signe aux nouveaux arrivants de le suivre. Grenouille jeta un coup d'œil à Arbas.

— Tu es sûr de vouloir?

La tribu ne semblait pas agressive. Elle les laisserait probablement repartir, s'ils décidaient de poursuivre leur route.

— Et toi?

— J'hésite.

Ce village ne ressemblait pas à l'idée qu'elle s'était faite du pays merveilleux. Mais il était accueillant et inspirait la confiance. S'y sentirait-elle aussi bien que parmi les gens de l'eau?

— Alors restons un moment, décréta Arbas. Nous verrons bien.

Il se pencha vers elle et son souffle chaud lui chatouilla l'oreille tandis qu'il chuchotait:

— Un jour, on ira explorer l'Eau Mère, je te le promets.

— Un jour, répéta Grenouille.

Oui, un jour, ils seraient grands et forts, prêts pour ce nouveau défi. Mais pour l'instant, ils n'étaient que deux enfants qui venaient de trouver, au terme d'un long et pénible voyage, la terre où ils pourraient s'épanouir. Un oiseau blanc, venu du large, piqua vers eux avant de remonter dans un dernier «kat-chak». Ils accompagnèrent le shaman jusqu'à une case un peu à l'écart. Celui-ci souleva un rideau de coquillages pour les inviter à entrer.

— Vous habiterez ici, désormais. Les Grands Esprits vous ont marqués, je vous apprendrai à parler leur langage.

Son accent étrange adoucissait l'autorité de ses paroles. Grenouille s'avança à pas prudents. Des récipients de terre de toutes formes et de toutes tailles, certains vides, d'autres remplis de mystérieuses substances, jonchaient le sol. Un parfum de feuilles broyées imprégnait l'atmosphère. Ce parfum étrangement familier lui serra le cœur; la hutte de sa mère sentait pareil, quand elle préparait ses remèdes... Mais elle en était certaine, jamais elle ne reviendrait dans la montagne. Elle sentit qu'elle venait de trouver un nouveau foyer. «Un endroit où l'on acceptera comme je suis, où je serai aimée inconditionnellement», songea-t-elle en adressant un regard furtif à Arbas.

Deux paillasses occupaient le fond de la hutte. Grenouille s'assit sur la plus grande. Une fragrance de fleurs séchées lui monta aux narines tandis qu'elle s'enfonçait dans la couche sèche et parfumée. Oh, le bonheur de ne plus dormir sur le sable humide! Arbas s'assit à côté d'elle, et posa son sac par terre. Ils étaient installés. Amali leur tendit à chacun un bol rempli d'un liquide légèrement huileux, à l'odeur forte mais pas désagréable.

— Aujourd'hui, vous vous reposez, ordonna-t-il. Je parle aux Grands Esprits. Demain, nous vous présenterons au reste de la tribu. Seulement après viendra le temps d'apprendre.

Il attendit patiemment qu'ils aient bu le contenu des bols, délicieusement rafraîchissant, avant de conclure, avec un grand sourire:

— Bienvenue à Paradis!

Grenouille se raidit. Le mot, dans la langue des gens de l'eau, désignait le pays des morts, au-delà de la grande rivière. Pourtant, ils étaient bel et bien vivants! Le shaman lui adressa un clin d'œil. Grand-Aigle avait exactement la même façon de tordre la moitié de son visage, la bouche close sur un secret qu'il était le seul à connaître. L'inquiétude de Grenouille s'envola aussitôt, remplacée par la certitude d'avoir trouvé la place qui lui était destinée. Elle se blottit contre Arbas et sourit en réponse. À l'extérieur, un oiseau blanc cria avant de s'envoler. Le vent le porta au large, très loin au-dessus de l'Eau Mère.